おはようございます！　また会えて嬉しい！
やすみは絶対苦情しかこないと思ってたよ！
声優ラジオのウラオモテ
#03 夕陽とやすみは突き抜けたい？
それが意外にも好評みたいで～。
ありがたいよねぇ。本当に意外だけど……
二月 公
イラスト／さばみぞれ
JN075753

ちょっと顔くっつけすぎたかな……
いやでも写真で見ると
こいつほんとに可愛いな！
……顔だけは!!

もっとできる、まだできる──!!
SCENE #02

SCENE #03
推しの隣でめくるパニック!!
さくちゃんに取り分けてもらったサラダ飾り
近い……っ！さくちゃん近い!!

ガチ恋が加速するぅー…
今日がわたしの命日だ
かわいすぎる
幸せすぎて辛い

夕陽とやすみのコーコーセーラジオ!
YUHI to YASUMI no KOUKOUSEI RADIO!
あれ、こっちがこの喋り方でいいの？ややこしいな！
オランウータンでも、もう少し賢いわよ。

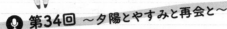

On Air List

声優ラジオのウラオモテ

『幻影機兵ファントム』キャスト表

■サクラバ・ハツネ……………夕暮夕陽
■ソフィア・ホワイト…………森香織
■シャーロット・ルル…………澤村美咲
■デービッド・ダイアモンド……なかむらてつや
■エマ・クルックー……………大野麻里
■オリバ・A・ブルー……………藤本大輔
■メリア……………………………星空見上
………………………………………
………………………………………
………………………………………
………………………………………
………………………………………
………………………………………
………………………………………

■シラユリ・メイ……………………歌種やすみ

「ユウちゃん！」

「やっちゃんの！」

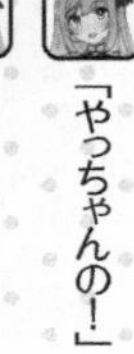
「「コーコーセーラジオ！」」

「おはようございます～、ユウちゃんです」

「おはようございます！　やっちゃんです！」

「みなさ～ん、またお会いできましたねぇ。嬉しいです～」

「ねー、ほんとに！　嬉しい！　正直なことを言うと、やすみは一発退場も覚悟してたよ！　ていうか、絶対そうなると思ってた！」

「それが意外にも好評みたいで～。ありがたいよねぇ。本当に意外だけど……」

「えー、こんなメールも頂いてます。ラジオネーム、〝チャーシュー大好きマン〟さん。『ユウちゃん、やっちゃん、おはようございます！』。おはようございまーす！」

「おはようございます～」

「『おふたりのトークがまた聴けて本当に嬉しいです！　今度からもうユウちゃんやっちゃんのコーナーしか聴きません！』……、という、こと、らしい、です、けど」

「は、反応に困るねぇ……。極端すぎる気もするけど……。いや、あの～、ラジオの聴き方は人それぞれなので、好きなようにしてもらっていいと思うんだけどね？」

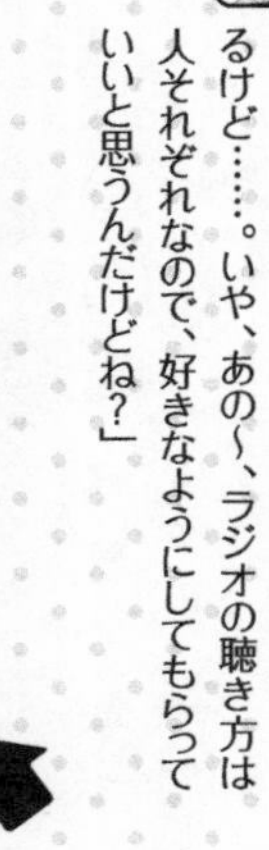

「なんかもう、やすみたちもわけわかんなくなるよね」

「本当に何がどうなってるんだろうねぇ……？」

「まぁそこは置いといて！　『ユウちゃんやっちゃんのコーコーセーラジオ！』という形で、皆さまに怒られない限りは続いていくので、よろしくお願いしまーす！」

「よろしくお願いします～。箱番組みたいな感覚でいてください～。お便りも待ってます～」

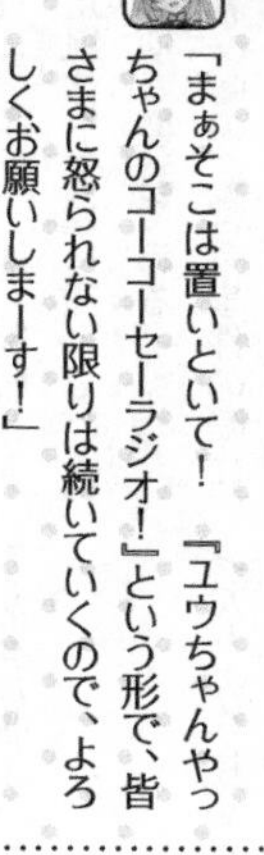

「待ってまーす！　……え？　作家さん、なんですか？」

「『最終的にユウちゃんやっちゃんの番組独立を目標にしよう』？　え、え～……、ど、どうでしょう～？　夢をでっかく持ちすぎじゃないですか……？」

「そもそも、やすみたちのトークで三十分はちょっとキツいって思う！」

「待って、やっちゃん。ちょっと前まで、わたしたちこれで三十分やってたから……。それ結構な自虐……」

「あ、あー、そうだった……。しかも、その結果が打ち切りっていうね？　こ、今度は人気が出るようにがんばるぞ～！」

「お、おー！」

「…………………あの、こんな感じで合ってる？」

to be continued……

歌種やすみ、夕暮夕陽の声優活動を賭け、たくさんの人たちに迷惑を掛けたあの事件——からしばらく経ち。

歌種やすみこと佐藤由美子は、元通りの生活に戻りつつあった。

今日の格好だって、以前のようにギャルのものだ。

髪はゆるくふわっと巻き、化粧はばっちり。つけまつ毛やイヤリングで華やかに。

胸元を飾るハートのネックレスもお気に入りだ。

制服は着崩し、真冬でもスカートは短くしている。

「んふ」

お店のガラスに映った自分を見て、思わず頬を緩める。

昨日まで由美子は、制服をきっちり着た眼鏡三つ編み少女という、いかにも真面目な生徒といった風体で学校に通っていた。

いわゆる変装である。

夕暮夕陽の裏営業事件の際に、ふたりの学校がバレてしまった。

そのせいで、由美子たちの学校に押しかける人が現れ、由美子たちは変装を余儀なくされた。

変装時の真面目っ子は、あれはあれで可愛かったと思う。

けれど、やはり一番のお気に入りは今の格好だ。

自然と機嫌もよくなる。

「ん。渡辺だ」

横断歩道の前で信号待ちする夕暮夕陽――渡辺千佳が視界に入った。

特徴的なのは、目が隠れるほどに長い前髪。

そして、その奥に眠る獰猛な目つきだ。

小さな身体に制服をきちんと着込む姿は、真面目で気の弱そうな少女に見えなくもない。

しかし、実際は物凄く気性が荒い。

人のことを猿だなんだと煽ってくるが、彼女の方がよっぽど獣のようだ、と由美子は思う。

「ん……」

千佳がこちらに気付き、ぱっちり目が合う。

……わざわざ追いかけて挨拶するほどの仲ではないが、手くらい挙げた方がいいだろうか。

少し悩んだあと、ぱっと手を挙げる。

けれど、由美子が手を挙げるのと同時に、信号が変わって彼女が歩き出した。

「…………」

なんだろう。

無性に負けた気がする。

ゆるゆると手を下げてから、ゆったりとした速度で歩き出した。

千佳は少し前まで、金髪にミニスカート、ゴテゴテのメイクでギャルに扮していた。

　が、一足先に彼女は変装を解いている。

　曰く、『あんな格好、一日でも早くやめないとバカになる』とのこと。

『服装の乱れは心の乱れ、とは言うけれど、実感するわ。つい、何も考えてないような、軽率な発言をしそうになるもの。コレヤバカワイイマジマジマシマシー』

『理解の浅い呪文をドーモ。その割に、渡辺の性格は根暗なままじゃん。あれだけ明るい格好してなんでまだ暗くなれんの？』

『そういうあなたは洞窟出身？　深海生まれ、深海育ちだっけ？』

『深海育ちは目が悪いからやだわ。もう少しオシャレを理解する努力すれば？』

『脱げばオシャレって感覚が裸族のトレンドなのよ。服を着崩すのも裸族の名残だったりする？』

『こいつ……。そんな明るい格好しててもセンスは暗いわけでしょ。いっそ全裸で学校来たら？』

『あらあら、証明なんてとっても難しい言葉、よく使えたわね。偉い偉い。それこそ見た目は心に影響しない、って証明だと思うけど』

『あぁそうね、まだしばらくはこの格好でいるよ。あんたは根暗に戻れば気配を消せるけど、あたしはそれできないから。あれ？　渡辺どこいったの？　もう気配消した？』

『……出たわ。あなたのそういうところ、本当に嫌い』

　そんなやりとりも記憶に新しい。

ただ、おそらくだが、元の格好に戻っても問題はないように感じた。

というのも、状況が変わったのだ。

声優活動を賭けたあの日の模様は、動画サイトにぱかぱかあげられ、幅広く認知された。

あんな賭けに挑んだ理由は、ふたりが身バレしたため。

その身バレの原因は、悪質なファン――ファン？　の清水の暴走が原因。

そのせいで由美子たちは、素の姿を晒すことになったわけだが、『ファンを騙していたこと』に関する謝罪は動画で真摯に行っている。

賭けの理由。

悪質なファン。

ふたりの姿勢。

それら様々な事柄が重なって、『声優のプライベートを脅かすのはいかがなものか』という、いやそもそもそりゃそーだろ、という論がネットで起きたのである。

そこから先は、ドロドロで不毛な戦争だ。

あの事件後も学校前に出待ちする人は存在した。

今度は、その出待ちを写真に撮って晒す人が現れたのだ。

出待ちの出待ちだ。

『こんな人がいるから、声優は普通の生活すらできなくなる！　反省しろ！』と苦言を呈し、ネット上にあげ始めた。

当然、その行為自体が褒められたものではないし、

「いやお前がやるのはいいのかよ」と物議を醸し、そのうえやりすぎた。

学校周りにいる『オタクっぽい人』も見つけ次第、『この人も出待ちに違いない！』と決めつけ、写真を撮り始めたのだ。

完全な冤罪。暴走。

とんでもない魔女狩りである。

『オタクっぽい』という理由でネットに晒されるなんて、あまりにひどい。

そのねじ曲がった正義に対抗するためか、今度はその「出待ちを晒す人」を晒す人、まで現れた。

出待ちの出待ちの出待ちだ。

ここまでくれば、完全に沼。

沼である。

ただ、そのおかげで彼らは互いに互いを警戒し、学校の周りから姿を消し始めた。

由美子たちは元の生活に戻ることができたのだ。

この世の地獄みたいな闘争は由美子たちの手を離れ、勝手に外で暴れている。

もちろん、歌種やすみや夕暮夕陽がどちらかに肩入れすれば、さらに争いの火種は大きくな

るので、この話題はもうスルーである。

　今後も触れることはないだろう。

「あ」

　今度は、クラスメイトの木村を見つけた。

　彼は背中を丸め、周りを警戒しながら歩いている。

　……木村は同じ学校の生徒だというのに、『こいつは出待ちだ！』と晒された、めちゃくちゃ可哀想な被害者だ。

　さすがにとばっちりすぎるので謝っておいたけれど……。

　ただ、由美子たちは生活しやすくなった。

　自宅がバレた渡辺家は引っ越すようだが、転校は考え直したらしい。

　抱えていた問題も、一旦は解決だ。

　と、なると。

　今度は元々の『声優としての問題』が浮上してくる。

　由美子はつい、スマホのカレンダーを起動していた。

「由美子、おっはよーん」

「うひゃっ」

　後ろから突然抱き着かれ、間抜けな声が飛び出る。

こんなことをする心当たりはひとりしかいない。

「……おはよ、若菜。朝からテンション高いじゃん」

「んふふ。由美子のその格好、久々に見たからさー。もう大丈夫なんだ？」

「んー。たぶんね。心配かけたねぇ」

「いやいや。よかったよかった」

由美子の言葉に嬉しそうに笑うと、首筋に顔を寄せてくる。

クラスメイトの川岸若菜だ。

彼女は楽しそうにくっついていたが、由美子のスマホを見ると首を傾げた。

「どしたん、由美子。カレンダーなんて見て。クリスマスならクラスで予定立てるって話になったじゃん？」

「クリスマスが待ち遠しいんだとしたら、あたし可愛すぎでしょ。そうじゃなくて、今年も終わるなー……、って。……若菜、ちょっと仕事の悩み聞いてくれる？」

「いいぞい」

小気味よく返事をして、若菜は身体を離す。

以前はできなかった仕事の話を、こうして聞いてもらえるのは嬉しい。

由美子はスマホを眺めながら、頭をかしかしと掻いた。

「あたしって、来年の四月で芸歴が四年目になんのよ。ほかの事務所も似たようなものだと思うんだけど、うちって三年目まではギャラが安いのね？」

「ほん？　新人だからってこと？」

「そうそう。新人のお試し期間だから、ぜひ使ってみてねっていう。でも、それも四年目からなくなっちゃうの。ギャラが高くなる」

「えー、いいことじゃん。お金いっぱいもらえるんでしょ？」

「それ以前に、使われにくくなんの。若菜だって、安いから使ってた化粧品が急に高くなったら、じゃあいいや、ってほかの化粧品選ばない？」

「あー……、なるねえ……。でもわたし、お気に入りなら高くなっても使い続けるよ？」

若菜の気遣いはありがたいが、思わず苦笑する。

現状、歌種やすみにそのような商品価値はない。

ただ値段が高くなるだけだ。

「ふむ。じゃあ由美子はどうすればいいの？」

難しい顔でふんふんと聞いていた若菜が、素直に問いかけてくる。

答えは簡単だ。

「が、頑張るしかない……」

「わぁーお……」

若菜が何とも言えない表情を作った。

言ってしまえば、これはただの弱音だ。

今までは別のことで手一杯だったが、それらが片付いたから改めて現実が顔を出しただけのこと。

「そういえば、渡辺ちゃんはどうなの？　渡辺ちゃんも来年から四年目？」

若菜が頬に指を当て、首を傾げた。

『お生憎様。わたしは劇団に入っていたから、声優としての芸歴は二年目だけど、役者としての芸歴は四年目。わたしの方が先輩なの』

薄い胸を張る千佳を思い浮かべる。

だが、彼女がいくらそんなことを言っても、事務所は声優としての芸歴を参照するだろう。

つまり。

「あー、あいつは来年三年目なんだよね。だから、まだ一年猶予があんの」

この一年は、夕暮夕陽にとって踏ん張りどころだ。

以前の彼女なら問題なく四年目に突入できただろうが、あの裏営業スキャンダルで彼女の人気はどん底まで落ちた。

起用されにくくもなっているらしい。

……ただ、夕暮夕陽ならこの一年で巻き返す気もするのだ。

アイドル声優として人気を博していたが、彼女の本質はそこではない。

演技力、技術の高さが新人で群を抜いているからこそ、あの地位に立っていたのだ。

千佳が自分と同じ位置まで堕ちてきたとき、由美子は薄暗く醜い感情を抱いた。

『ようやくあたしの気持ちがわかった？』と。

……もしくは、『わかってくれた？』とも。

その考え自体が惨めだっていうのに、彼女だけがさっさと這い上がったら。

自分は地べたに這いつくばったまま、それを見上げていたら。

こんなに情けない話はない。

「……うん。若菜、あたし頑張るからさ。今日もオーディションあるんだよね。絶対役取ってくるから！」

由美子が意気込んでみせると、若菜はにこーっと笑った。


今から受けるのは、少年漫画原作のテレビアニメ、『炎の魔導士ユッケ』のオーディションだ。

由美子が狙うのは、明るくて元気な魔法使い〝アリシア〟の役。

通い慣れたスタジオの廊下を進む。

すると、向こうから歩いてくる人物に目がいった。見覚えのある顔だ。

肩まで伸びたさらさらの髪に、可愛らしくて小さな顔、華奢な体軀。

小柄だが痩せてはなく、女性らしい丸みに色香がある。

特に、幼い顔立ちと小さな身体に反した、大きな胸がより魅力を際立たせていた。

ブルークラウン所属、柚日咲めくるだ。

「あっ」

「げっ」

彼女はこちらに気付いた途端、はっきりと嫌そうな顔をする。

逆に由美子はぱぁっと顔を明るくさせ、彼女との距離を一気に詰めた。

「めくるちゃんめくるちゃんめくるちゃーん！　会いたかったよー！」

「やめろやめろ！　わたしに懐くな近付くな！」

はっきりと警戒の色を出し、そばに寄る由美子に「とまれ！」とばかりに手を突き出してくる。

その態度に、由美子は唇を尖らせた。

「なぁに、めくるちゃん。随分冷たいじゃん。そんな嫌わなくても」

「うるさい、めくるちゃん言うな。あんた勘違いしてない？　わたしはあんたが嫌いなの。歌種も夕暮も許しちゃいないし、今だって怒ってるんだからね」

「ええ？　あのとき来てくれたのに？」

「あれは……、あのときの話はいいでしょうが。忘れて。忘れろ」

腕を組み、気まずそうにそっぽを向く。

メディアに素の姿をさらけ出したせいで、由美子たちはめくるに蛇蝎のごとく嫌われている。

だが、声優活動を賭けたあの日に、彼女はわざわざ駆けつけてくれた。

あのときのめくるを思い出し、思わず由美子はニマニマしてしまう。

そんな由美子を苛立った顔で見上げ、めくるは不機嫌そうに口を開いた。

「なに」

「や、めくるちゃんったら、本当にあたしのこと好きなんだなーって」

めくるは最初、何を言われたかわからなかったようだ。目をぱちぱちさせている。

しかし意味を理解すると、見る見るうちに顔を赤くした。

慌てて辺りを見回し、苦虫を嚙み潰した顔でこちらの胸倉を摑む。

「ちょっと……！　大声でそういうこと言うな！　あ、あんたまさか、あのことだれかに言ってないでしょうね……⁉」

あのこと、というのは、実はめくるが声優大好きなオタクであることだ。

その大好きには歌種やすみや夕暮夕陽も含まれており、お渡し会にウッキウッキしながら来るほど。

しかし、それは絶対にバレたくない秘密。

そこは由美子もわかっているし、借りもあるので言い触らしたりはしない。

「言ってないって。言うつもりもないし、言ったところでだれも信じないでしょ」

由美子の言葉に、めくるはほっと胸を撫で下ろす。

「ならいいわ。それなら今後、わたしにはもう関わらないで。よろしく」

そう言って立ち去ろうとしたので、慌ててめくるの肩に手を回した。

「ちょっとちょっと。そんな塩対応しなくてもいいじゃん？　あのときのお礼もしたいしさ、今度ご飯行こうよぉ。めくるちゃんはお酒飲んでもいいから」

「チャラい男かっつーの……、前も言ったけど、わたしはほかの声優と慣れあうつもりはないの。ご飯食べる相手も花火がいれば十分。だから離せ」

「えー？」

めくるは苦々しい表情で身体を離そうとする。

うざったい、と言わんばかりだ。

しかし、そう言う割にはあまり力が入っていない。

顔を近付けると手で制するものの、引き剝がそうとまではしなかった。

それどころか、ギリギリで触れてすらいない。

めくるちゃんって力弱い？

見つめていると、彼女が必死で顔を背けているのがわかった。

よく見ると耳まで真っ赤だ。

「あの、ちょっと、近い。近い、から。ほんとに、やめて。むり。このきょりは、だめ。むり。はなれてください……」

ぼそぼそと呟き、何かに耐えるような表情をしている。

……え、チョロ。

チョロすぎでしょこの人。

完全にファンの顔になってる……、弱すぎない？

もうちょっと押せば、ご飯でも何でも行ってくれるんじゃないの？

「ねぇ、めぐるちゃーん。ご飯行こうよー。仲良くしよ？」

「ひゃ、ひゃあっ！　耳元で囁くの、本当にやめて！　ぐ、ぐぅ……、あんたもうちょっと自分の声の威力を自覚しなさいよ……！　無理ったら無理！　行かない！」

「『行くって言ったら行くっす！　わたし、めぐるちゃんとご飯行きたいんすよぉ！』」

「あ――……！　あ、あぁ、あぁもう！　唐突なキャラ声やめろっ……！　心臓が破裂するぅ……！　これ以上、わたしの心をかき乱すな……！」

「ちなみに今の声、何のキャラかわかった？」

「『とらべる★ういんたーず』の雫……」

「え、なんでわかるの。こわ」

「じ、自分から言って引くな！　やすやすは出演作が少ないから、選択肢も限られてくるだけ！」

「ちょっと。急に辛い現実突き付けるのやめて。あたしの心臓も破裂しそうになったわ」

怯んだ隙に、めくるはするりと由美子の手から逃れる。

しばらくは赤い顔で胸に手をやり、必死で息を整えていた。

落ち着いたあとにガーっと怒り出す。

「本っ当に性質悪い！　二度とすんな！」

本気で怒っているめくるに、「もうしません」とばかりに手のひらを見せた。

めくるは赤面したまま服を直していたが、やがて廊下の奥を指差す。

「ていうか、あんた今からオーディションでしょ。さっさと行く。わたしにかまうな。……歌種もユッケよね。何役で受けるの」

「え、アリシア」

「そ。わたしノーマ」

彼女がちょっとだけほっとしたように見えた。

オーディションは、ひとつの役をたくさんの声優で取り合う。

全員が競争相手だ。

競争相手に余計な感情を持つ必要はないが、知り合いはどうしても気まずい。

めくるが「歌種やすみと役を取り合うのは嫌だな」と思っているのは、ちょっと嬉しかった。

めくるはそのまま、挨拶もなしに立ち去ろうとする。

慌てて、その背中に呼び掛けた。

「あ、めくるちゃん！　あのときは本当にありがとう！　来てくれてすっごく嬉しかった！」

彼女はちらりとこちらを見たが、黙って前に向き直る。

背中からは逡巡が感じ取れたが、最後には小さく手を挙げてくれた。

それを隠すように、速足で歩いていく。

かわいい先輩だなぁ、とその背中を見送った。

「柚日咲さんもユッケのオーディションだったのね」

「ひゃっ！」

背後から急に声を掛けられ、びくっと身体が跳ねた。

しかもそれがほとんど耳元、加えて囁き声なのだから堪らない。

慌てて距離を取ると、そこには千佳が立っていた。

訝しげな視線をこちらに向けている。

「なによ。そんなに驚かなくても」

「いや、びっくりするわ！　渡辺、気配消すの上手すぎるでしょ……。もう忍者じゃん」

驚いたのは彼女の声あってこそだが、それにしたって存在に全く気付かなかった。

由美子が恨みがましい目で見ると、千佳はむっとする。

「あなたが柚日咲さんに変な絡み方をしていたせいでしょう。随分とはしゃいでいたけれど」

「なに、見てたの？　いつからいたのよ、あんた」

「佐藤がアババババー、オボボボボォー、って言い始めたときから」

「あたしは妖怪か！　あんたの目ってそう見えてんの？　深海育ちってみんなそう？」

「あぁ、人は理解できないものに恐怖を覚えるから。無暗に人にベタベタする人間を見て、『え、なにあの人こわ……』って思ったのが妖怪の発祥かもしれないわね」

「ふうん？　じゃああんたも妖怪かもね。部屋の隅っこでブツブツ文句を言ってる人間も怖いから。人の闇食って生きる系の妖怪でしょ。妖怪〝隅っこでブツブツ〟」

「妖怪〝人にベタベタ〟」

「こいつ……、ていうか、最初から見てたわけじゃないでしょうね」

「そんなことないわ。佐藤がめくるちゃーんって気安く声を掛けたあたりから」

「最初からじゃん！　あんたずっと見てたの⁉」

悲鳴じみた声が上がる。

すると、千佳は鼻を鳴らして呆れたような顔を作った。

「なにその浮気現場を見られたー、みたいな反応。人様に見られて困ることなら、しなきゃいいでしょうに。確かにあなた、ベタベタと嬉しそうだったものね」

「いや、単にその間、渡辺がここでじっとしてたのが哀れで。『早くどっか行ってくれないかなー、そこにいたら帰れない……』っておろおろしてたんでしょ」

「う」

由美子の指摘に、千佳の動きが止まる。

思わず、由美子はため息を漏らした。

「お姉ちゃんさぁ……、お世話になった先輩なんだから、避けてないで声掛けなよ。しかも話してる相手があたしなんだから。どういう気持ちでここにいたわけ？」

「う、うるさいわね！　そうしようとしたわよ！　でも、あなたがあまりにも陽の空気をまき散らすから、出て行こうにも行けなかったんじゃない」

「あぁ……」

確かに、先ほど由美子が行ったような距離の詰め方は、千佳が最も苦手とする空気だろう。

あのノリについていけるキャラではない。

ただ、それを見て隠れる、というのはあまりに哀れだ。

「渡辺、事務所でめくるちゃんと会ったりしないの？　そのときにちゃんとお礼言った？　ありがとう、って言うのは大事なことなんだよ？」

「こ、子供扱いしないで頂戴……、ちゃんと言ったわよ。『あの……、あのときはありがとうございました……』って言ったら、『あ、あぁ、うん……』って返事してくれたわ」

「渡辺さん、気まずいって感覚知ってる？」

想像に容易い。

きっと千佳はおそるおそる話しかけ、めくるもおずおずと返したのだろう。

「なるさんも大変だなぁ……。いろいろとフォローさせられてそう……」

「ちょっと。マネージャーは関係ないでしょうに。なに？　あなたのマウントはついに外部の人にまで及ぶようになったの？　あぁ品がない。まるで意地悪な姑ね」

「だれが姑だ。あぁ、まぁね。あんたの将来の姑さんは可哀想だけど」

「は？　今度は未来へのマウント？　多岐にわたるじゃない。あなたはそうやって、将来の息子のお嫁さんにもマウント取り続けて嫌われて、寂しい老後を過ごせばいいわ」

「へぇ、あんたから寂しい老後なんて言葉が出てくるなんてね。今の自虐？　今までで一番笑えたわ。腹抱えそう」

「あなたね……。言っておくけれど！　わたしは成瀬さんに人間関係で注意されたことはないし、最低限はきちんとしているから」

「さっきの根暗式待機と気まずさ全開挨拶の話聞いて信用しろって？　なるさんも呆れて言えないだけでしょ。猫に料理教えようとは思わないし。あぁ渡辺って料理もできないけど」

「出た出た。お得意のマウントが出たわ。あなたはすぐそうやって……」

そんな不毛なやりとりを何度か続け、

「はて、なぜこんな話になったのか」と冷静になる。

元々はめくるの話だったはずだ。

千佳がめくるに上手くアクションを取ってないなら、尚のこと考えないといけない。

「……めくるちゃんにはきちんとお礼しないと。なんか考えておこう」

「えぇそうね、わたしもそれに賛成だわ。一口乗らせてもらうわね」

「露骨に便乗するんじゃないよ……、いいけどさ……。それより」

千佳を見下ろす。

奥から出てきたということは、彼女もオーディション参加者なのだろう。

オーディション会場で鉢合わせしたのは初めてだ。

気になるのは、彼女が何役で受けたのか。

ぴりっとした空気を感じ取ったのか、千佳の目が細められる。

「……渡辺。あんた、何役で受けたの。あたしはアリシア」

由美子の言葉に、千佳の目が少し見開く。

その反応だけで十分だ。

舌打ちするのを堪えてそっと口を開く。

「あんたもか」

「えぇ。もう受けてきた。自分で言うのもなんだけど、会心の出来だったわ」

彼女は試すような目つきでそんなことを言う。

ぱちり、と心の中で火花が散った。

競争相手が夕暮夕陽だなんて！　と嘆く気持ちはあったが、それ以上に闘志が湧き上がる。

あっという間に火が付き、めらめらと燃え上がった。

上等だ。絶対に負けない。負けたくない。

そんな想いが手に力を込める。

それは千佳も同じなのか、凶悪な目つきが鋭くなった。

「あの役はわたしがやる。佐藤には渡さないわ。絶対に取ってみせる」

「あたしだって同じ気持ちだよ。絶対に負けない。受かったら、あんたに台本を見せつけてやるわ」

言い合いながら不敵な笑みを浮かべる。

そこから先は言葉を交わさず、互いに違う方向へ歩き出す。

絶対に役を取る。取ってみせる。

こう思うのは癪だが、千佳と会ってよかった。気力の充実を感じる。

よっし、受かるぞ！

……………………。

と、格好つけたにも関わらず、見事にふたりとも落ちたというオチ。

あー、これはダメだー！

手応えがない！　びっくりするほど！　受かる気配が欠片もないよー！

思わず心の中で大騒ぎする。

台本を握る手は力なく、だれも見ていなかったらガックリと肩を落とすところだ。

ブースの中から調整室を盗み見るが、全くもって響いていない。

どうやら彼らの求める演技には程遠いようで、手応えのなさを覚えるばかり。

よく、『受かった！　と思った役には落ちて、これは落ちたなぁ……、と思った役に受かった』……、なんて話は耳にするが、そんなレベルではない。

絶対に落ちている！

と確信できるのが悲しかった。

あとは音響監督から、「ありがとうございました」とそっけなく言われれば、このオーディションは終了だ。

音響監督は無表情のまま、台本を眺めていた。

彼の姿は一度だけ見たことがある。

杉下音響監督。

『夕陽とやすみのコーコーセーラジオ！』出張版のときに、『幻影機兵ファントム』の音響監督として、由美子たちの元へ駆けつけてくれた人だ。

長身痩軀の落ち着いた雰囲気の男性で、丸い眼鏡が洒落ている。年齢は四十代後半といったところだろうか。下は黒のスラックス、上はグレーのセーターを着込んでいた。

彼が担う現場はこだわりが強い、と話に聞くが、どうやらそれを感じることはできないらしい……。

「すみません、歌種さん。よろしいですか」

「え、あ、は、はい？」

物思いに耽っていたので、突然、彼がブースの扉を開けたことに驚く。

戸惑っていると、彼は別の台本を手渡してきた。

「すみません。この〝サーコ〟という役をやってもらってもいいですか」

「え？」

返事も待たずに、杉下はさっさと引っ込んでしまう。

台本をめくってセリフを見るが、さらに困惑が強くなった。

サーコは、主人公たちと敵対しているキャラクターだ。

汚い手をいくらでも使う、卑怯が信条の根っからの悪役である。

こんな役、やったことがない。

『では、四ページからお願いします』

スピーカーから指示が飛んでくる。

有無を言わさず、といった感じだ。

歌種やすみが演じてきたキャラクターは、可愛らしいキャラやツンデレっぽいキャラ、能天気なキャラ……、といったものが多く、悪役や暗いキャラはオーディションを受けたことすらない。

ま、まぁ、やれと言われればやるけれど……。

「…………。〝おいおい、だから何だってんだよ。罠にかけたアタシがわりーのか？　ちげぇーだろ？　罠にかかるお前がわりぃーんだろうが！　人に責任押し付けてんじゃねーぞ、クソ雑魚野郎がよォっ！〟」

『……はい。では、次のページの……』

といった具合に、練習もしていないキャラを延々と演じた。

そして、〝アリシア〟〝サーコ〟、結局どちらも落ちた。

なんだったんだ。

それから数日経った、週末の夜。

由美子のマネージャーである加賀崎から、事務所に呼び出しを受けた。

以前のこともあり、「あたし何かやった……？」と不安になったが、単にオーディションの話らしい。

台本を渡すし、直接話したいこともあるから来てくれ、とのこと。

だれもいない会議室で待つこと数分。

「おー、由美子。ごめんな、こんな時間にわざわざ来てもらって」

両手にコーヒー、脇に資料を抱えた格好いい女性──加賀崎りんごが現れた。

普段はパリッとしたブラウス、皺ひとつないスラックス、高そうなジャケットを羽織り、綺麗なメイクの加賀崎だが、今日はどれも今一つ精彩を欠いている。

「いやぁ、もう。年末進行で忙しくて忙しくて。参るよ、本当」

いつもパワフルな彼女には珍しく、くたびれた様子だ。

この業界にも正月休みはあり、そのせいで仕事はすべて前倒しされる。

声優はもちろん、周りの人たちも仕事が立て込んでいるのだ。

加賀崎だからこの程度で済んでいるが、事務所のほかの人たちは皆、死屍累々としていた。

「お疲れ様。もうちょっと頑張ったら正月休みだよ、加賀崎さん」

「こんなに忙しくなるなら、りんごちゃん正月いらない」

その物言いに苦笑する。たぶん、本音なんだろう。

加賀崎は温かいコーヒーをテーブルに置き、由美子の向かいに腰かける。

資料を眺めながら口を開いた。

「えーとだな。今日呼び出したのは、由美子にオーディションを受けてほしい、とオファーがあったからなんだ」

「はあ。珍しい」

気の抜けた声が出てしまう。やったー、と喜べる内容でもなかった。

オーディションのオファーはそれほど珍しくないからだ。

『出演をオファーするほど確信は持てないので、一度演技を聞いてから判断したい』と思うのは当然で、『試しに聴いてみたい』くらいでもオファーは来る。

とはいえ、『プラスチックガールズ』をやっていた頃はちらほらとあったものの、ここ最近はさっぱりだった。

「どういう役なの？　なんていう作品？」

マリーゴールドっぽい演技が求められているのかな、と思って尋ねるが、加賀崎はすぐには答えてくれなかった。

資料を見たまま、何やら微妙な表情を浮かべている。

「加賀崎さん？」

再び問いかけると、彼女は観念したように資料をテーブルの上に広げた。

「……オファーがあったのは、『幻影機兵ファントム』のシラユリ・メイ役。主人公のサクラバ・ハツネの宿敵として立ちはだかる。山場の重要なキャラらしい」

「……は？」

あまりにも現実感のない言葉に、素っ頓狂な声が漏れる。

そのままゆるゆると資料を手に取った。

自然と口から疑問がこぼれる。

「な、なんで？『幻影機兵ファントム』って……、神代アニメって、予算がいっぱいあるから、いつもベテランや演技派ばっかりじゃん」

神代監督が手掛ける作品は、重厚な世界観とこだわり抜かれたメカ、ロボットが登場することが多い。

ファンからは神代アニメと呼ばれ、高い人気を博している。

声優陣も豪華なため、普通は新人声優が出る幕などない。

だからこそ、夕暮夕陽の主演が発表されたときに「なぜ」という言葉があがったのだ。

そんなすごい作品のオーディションのオファーがあった。

それは、喜ぶよりも疑問が先に立つ。

たとえば。

「……加賀崎さん、何かやった？」

加賀崎りんごはチョコブラウニー屈指の敏腕マネージャーだ。

彼女ならコネで何とかしてしまえるのではないか。

しかし、彼女は肩を竦めて答える。

「いいや、何も。あたしにもなんでオファーが来たかわからん。正直なことを言えば、夕暮や神代監督が気を回したのかと思ったんだが……、あの監督は融通が利かないことで有名だしな。夕暮がそんなことをしないのは、お前がよく知っているだろう」

「…………」

黙って頷く。

最も現実的なラインだが、一番ありえないように感じた。

「聞いたところによると、どうもこのシラユリ・メイ役はキャスティングがだいぶ難航しているそうだ。もう一回オーディションをする、ってなったところで、杉下音響監督が由美子を指名したらしい」

「音響監督が？　……あ」

もしかして、以前のあれだろうか。

ユッケのオーディションで違う役を延々とやらされた、あのとき。

そのことを話すと、加賀崎は顎に指を添えて頷く。

「なるほどな。普段、由美子がやらない役だから、余計になぜだろう、と思っていたんだが

「……。そういうことだったのか」

　言われて、資料に目を落とす。

　シラユリ・メイは主人公サクラバと、パイロット養成学校での同級生。

　シラユリはサクラバをライバル視し、追いつくために必死で努力を続けていた。

　だが卒業式で、サクラバはシラユリをほとんど認識してなかったことが判明する。

　サクラバに狂気じみた執着心を持ったシラユリは、敵側であるレジスタンス軍に入り、サクラバの前に立ちはだかる。

　サクラバを倒すために脳や身体を改造しているため、言動や性格が不安定……、といったキャラクター……、のようだが……。

「……いやいや！　あたし、こんな役やったことないよ⁉」

　オファーなのだから、歌種やすみらしい明るめの役だと思ったのに。

　困り顔になる由美子とは逆に、加賀崎は嬉々としていた。

　声も弾んでいる。

「いや、由美子はこういう敵役の方が合ってるよ。本当はあたしもこんな役を受けさせたかった。ありがたいオファーだよ、これは」

「え、え？　いや、でも加賀崎さん。あたしが受けるのっていつも……」

「うん。ヒロイン、って感じの役が多いよな。社長の方針でなぁ、新人にはアイドル声優らしい仕事をさせるように、って言われてるんだ。自然、受ける役も偏る。何度か打診してたんだが、しばらくはダメって言われ続けてな。オファーも来たし、社長に訊いたら『もういいよ』って言われた」

わはは、と加賀崎は笑う。

……いや、それ笑い事だろうか……？

確かにアイドル声優らしい仕事はもう無理だけど、それ見放されてない……？

そんな不安を振り切り、由美子は資料に視線を戻す。

台本を手に取ってセリフを確認した。

「これはいっぱい練習しないと……、ええと、加賀崎さん。オーディションっていつ？」

「明日」

「あ、明日ぁ⁉」

「朝十」

「朝十ぅ⁉」

明日の朝十時から。

練習時間なんてほとんどない。

声優の予定が突然埋まるなんてよくあることだが、それにしたって急すぎやしないか。

だらだらと心の冷や汗をかいていると、加賀崎はすまなそうに口を開く。

「先方もバタついてるみたいでな……。資料が届いたのも今日なんだ。だから、わざわざ事務所まで来てもらった」

現場が忙しいのはどこも同じだろうけど……。

それにしたって、明日、明日とは……。

台本とにらめっこしていると、加賀崎は静かに笑った。

「こういう言い方はよくないんだが、そんなに気張るな。なんたって、神代アニメだぞ。たくさんのベテランが万全の準備をして落ちるアニメだ。記念受験のつもりで行ってこい」

「そ、そうだよね。あぁうん、確かにそうだ」

高難易度のオーディションに、これだけの悪条件が揃えば諦めもつく。

もちろん練習はするが、寝不足での体調不良や寝坊に気を付けよう。

そんなふうに思っていたのに。

歌種やすみは、あっさりと合格した。

NOW ON AIR!! 第35回

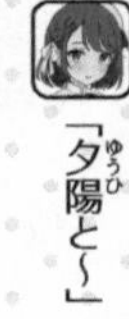

「夕陽と～」

「……？　やすみのー」

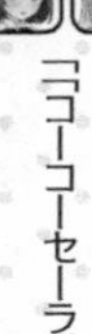

「ココーコーセーラジオー！」

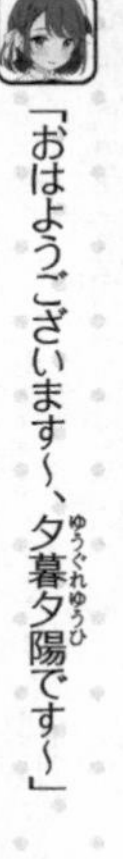

「おはようございます～、夕暮夕陽です～」

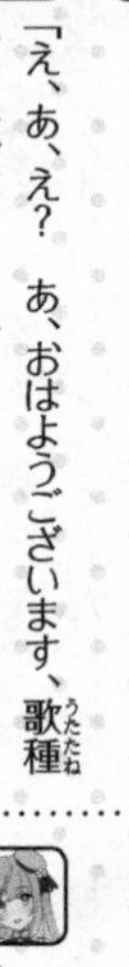

「え、あ、え？　あ、おはようございます、歌種やすみです……？」

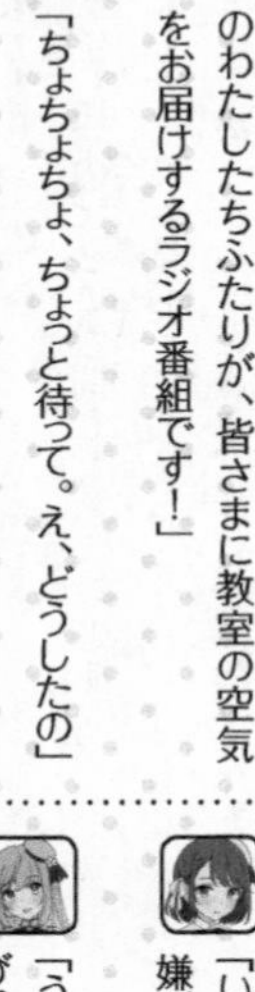

「この番組は、偶然にも同じ高校、同じクラスのわたしたちふたりが、皆さまに教室の空気をお届けするラジオ番組です！」

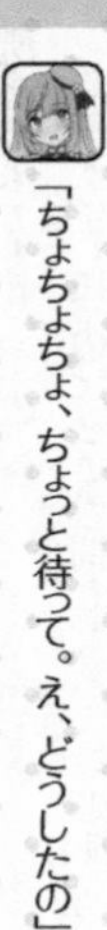

「ちょちょちょ、ちょっと待って。え、どうしたの」

「どうしたのって、何が～？　やっちゃん、どうかしたの～？」

「それだよそれ！　え、なんで今ユウちゃんなの？　まだオープニングだよ？　今日って開幕からユウちゃんやっちゃんやるんだっけ？　え、違うよね？　どういうこと？」

「ふふ、やっちゃんったら、すっごいしゃべるねぇ～。そんなに動揺しなくても～」

「こわいこわいこわいこわい！　ラジオの相方がこわい！　みなさーん、これめっちゃこわいです！　どういうボケ!?　それやめてよ！」

「いや、ほら。わたしって今日、実はあんまり機嫌がよくないのよね」

「うわぁ！　急に戻るな！　ふり幅でかすぎてびっくりするんだっつーの！」

夕陽とやすみのコーコーセーラジオ！

「うるさいわね……、やれって言ったり、やめろって言ったり。やかましいったらありゃしないわ。何なの」

「何なの、はこっちのセリフだわ。え、不機嫌だからなんだっていうの？」

「ええ。いくら何でも、気持ちが不安定なまま収録するのは問題でしょう。でも、苛立つのは避けられないから。じゃあキャラを作ってしのごうと思って」

「どういうメンタルしてんの？　あんたの心臓、オイルで動いてるわけ？　……ていうかさ。なんでそんなに不機嫌なの」

「そりゃあなたみたいな人種を相手にしていれば、機嫌が悪くなるのは当然でしょう？　見ているだけで不愉快だもの。ある意味才能よね。そういう存在だけで相手をイラつかせるんだから。そういう能力者？」

「は？　何それ。根暗の悪いところ出てるわー。あんたがイライラするのは、この世の明るい人種すべてにでしょ。眩しいよー、って地団駄踏む前に、まずは光に慣れたら？　ずっと暗いところにいるから、明るい場所で目が痛くなるんでしょ」

「出たわ。あなたのそういうところ、本当に嫌い。あなたたちがやっていることって、人に懐中電灯を当てながら『眩しいでしょ』って言ってるようなものよ。それに……」

to be continued……

「……おはよう」

「お、は、よう……」

かろうじて返事はしたものの、由美子は驚きのあまり硬直する。

下駄箱で上靴を取り出したときだった。

突然、朝の挨拶をされたのだ。

渡辺千佳に。

さすがに仕事では、何度か挨拶を交わしたことはある。

しかし、学校でわざわざ挨拶してくるのは初めてじゃないだろうか。

これでもし、千佳がとてつもなくご機嫌ならば、まだ納得できた。

けれど、今の彼女は凄まじく不機嫌だ。

こちらを見る目は大変冷たく、どす黒いオーラが背中から溢れている。

彼女の手に包丁が握られていても、さほど違和感がないくらいに。

「えっと……、な、なに」

そのうえ、千佳はこちらをじっと見たまま動かない。

挨拶が目的ではなさそうだ。

かといって何か言うわけでもなく、そのままスタスタと立ち去ってしまった。

「な、なんだったんだ……。こわ……」

何か怒らせただろうか？

彼女の逆鱗に触れてしまい、根に持っている可能性がある？

「心当たりが多すぎてわかんない……」

怒らせたかどうか、という話なら常に怒らせている。

どれが逆鱗だったかなんて、もはやわかりようがない。

一応頭の中で検討しながら教室に入ると、すぐさま若菜が声を掛けてきた。

「おはよ、由美子。ね、渡辺ちゃんどうしちゃったの？」

若菜が耳元に顔を寄せ、こしょこしょと尋ねてくる。

若菜がそっと指差す先を見ると、千佳が自分の席に座っていた。

やはり不機嫌オーラが溢れている。

元々の目つきが悪いせいで、妙な迫力を携えていた。

「さぁ……、あたしに訊かれてもわからないけど」

むしろ、こちらが知りたいくらいなのだが。

すると、若菜は唇を尖らせる。

「でも、渡辺ちゃんが不機嫌になる理由って、由美子以外にないでしょ？」

「そんなこと……」

ないでしょ、と言い切れないのが辛い。

別に特別な意味があるわけでなく、接点があるのが自分だけ、という話なのだが。

「なあに？　渡辺ちゃんとケンカしちゃった？」

「ケンカならいつもしてるからなぁ……」

「何か言って怒らせちゃったんでしょ」

「いつも怒らせてるからなぁ……」

本当にわからない。現状ではお手上げとしか言いようがない。

ただ、別に関係がないのだ。

千佳が怒っていようが不機嫌だろうが、だからなに？　という話である。

放っておけばいい。

千佳のご機嫌取りだなんて冗談じゃない。

……と、普段なら思っただろう。

「ほんっとに間の悪い……」

今はちょっと事情が違う。

先日、『幻影機兵ファントム』のオーディション合格の連絡がきた。

喜ぶよりも先に「なんで？」という気持ちになったし、ベテランだらけの現場に行く気後れもある。キャスト表を見たが、千佳以外に知り合いらしい知り合いもいなかった。

はっきり言って怖い。

千住から現場のことを聞いておきたいし、何なら現場でも頼りにしてしまうかもしれない。

そのためにも、今、千住にへそを曲げられるのは困るのだ。

「でも、怒ってる理由が本当にわかんないんだよね。心当たりが多すぎて」

「それもどうかと思うけど……、もうとにかく謝っちゃえば？　絶対由美子のせいなんだし」

「言い切られるのもやなんだけど……。それにあいつ、謝ったら『わたしがなんで怒ってるかわかってるの？』ってもっと怒るタイプだよ、絶対」

「わぉ、めんどうくさい。こりゃ由美子大変だ」

言葉とは裏腹に、若菜はなぜか楽しげだ。

他人事だと思って……、と恨みがましい視線を向けるが、彼女はにこにこするばかり。

さて、どうしたものだろうか。

不機嫌の原因が自分にあるとしても、それはもうわかりようがない。

だがこの際、原因はどうでもよかった。

今はいかに機嫌を直してもらうか、だ。彼女の機嫌がよくなればそれでいい。

そして、千住の機嫌を直すために有効な手といえば――。

「食べ物、か？」

まるで子供のようだが、彼女が食べ物に気を取られることは多い。

何かおいしそうなものを渡してやれば、自然と機嫌が直るんじゃないか？

そう思った由美子は、そっと自分の鞄に目をやった。

昼休み。
千佳の様子を窺っていると、彼女はいつものように鞄を持って教室を出て行った。
それを見送ってから、若菜に声を掛ける。
「ごめん、ちょっと出てくる」
「お。偉い偉い。仲直りしてくるんだ？」
若菜の物言いに苦笑する。
バレバレなのはもういいとしても、果たして仲直りできるだろうか。
とにかく自分の弁当箱を摑み、教室を出た。
昼休みの廊下は生徒が多く、賑やかな声で満たされている。
千佳がその間を抜けていった。あとを追う。
いっしょにお昼ご飯を食べよう、と声を掛けても、きっと断られるだろう。
あいつはそういう女だ。それに、そんな誘いを口にするのも抵抗がある。
なので、いつかと同じように、食べ始めた千佳の隣へ強引に座るつもりだった。
だというのに。

「あれ？　外行くんじゃないの？」

昇降口と別の方向に歩く千佳を見て、由美子は焦る。

前と同じ場所――だれもいない、校舎の陰で食べると思っていた。

だから見失っても構わないと、離れて追いかけていたのに。

慌てて距離を詰める。

しかし、廊下を曲がった先には既にだれもいなかった。

「ぇぇ……？　うそ、どこ行ったんだろ……」

きょろきょろと辺りを見回しながら、寒々しい廊下を歩く。

クラスの教室前と違って、この廊下には人の気配がない。完全に見失った。

いつもの場所で食べるんだろう、とたかを括ったのがよくなかった。

今は十二月。こんな寒い中、外で食べるはずなんてないのに。

かといって、ほかに千佳が行く場所なんて見当がつかなかった。

「なに」

「ひゃっ」

突然、真横の扉ががらりと開き、由美子は小さく悲鳴を上げる。

千佳が不機嫌そうな顔を隠そうともせず、こちらをじぃっと見ていた。

確かここは空き教室のはずだ。

椅子と机が並べられているが、生徒の姿はない。カーテンも閉め切られていた。

「あ、あぁ……。渡辺って、今はここで食べてるの?」

「ええ。外は寒いから。先生に見つかると怒られるだろうから、こっそりとだけれど。そうしたら、あなたが泣きそうな顔でおろおろ廊下を歩く姿が見えて」

「な、泣きそうになんかなってないし」

むっとして言い返しても、彼女は冷ややかな視線を返すだけだ。

やはり機嫌が悪い。

「それで、なに。わたしを追いかけてきたんでしょう」

淡々と言う彼女の肩越しに、中の様子を窺う。

教室の一番端、窓際の席に鞄が置いてある。

その近くには、開けたばかりのサンドイッチ。

「あ、あー……、あたしもここでお昼ご飯食べようかなー、って……、意味はないけど……」

しらじらしく言う。

千佳は何か言いたげな目でじっと見ていたが、

「……好きになさいな」

とだけ言って踵を返した。ほーっと息を吐く。

千佳の隣に座り、由美子は弁当箱を広げていく。

千佳は黙ってサンドイッチを食べ始めた。空いた手には台本が握られている。

カバーがついているため、何の台本かはわからない。

……あれは、ファントムの台本だろうか？

そう意識した瞬間、胸にどん、と衝撃があったように感じた。

由美子が合格したシラユリ役は、あまりにも荷が勝ちすぎている。そのせいで口にするのも憚られた。喜びよりも、戸惑いやプレッシャーの方が遥かに大きい。

だが、この瞬間だけは違った。

渡辺、あたし受かったよ。ファントムのオーディションに受かったんだよ。あんたといっしょに、あの神代アニメに出るんだよ。

あんたは知ってるの？

渡辺の隣で、あたしはまた演じるんだよ。

そんな思いが溢れる。

ただ、それを口にすることはとてもできなかった。

それに、千佳の機嫌を直すことが先決だ。

「いただきます」

ぱかっと弁当箱の蓋を開ける。

このお弁当こそが秘密兵器。

今日は千佳の興味を引けそうなものが入っているのだ。

「お姉ちゃん、ちょっとこれ見てよ」

弁当箱をすすっと押しやる。

彼女はつまらなそうな目を向けたが、由美子が指差すものに気付いた瞬間、表情が驚きへと変わった。

「は、ハンバーグ……？　佐藤、あなたお弁当にハンバーグなんて持ってきてるの……!?」

千佳は弁当箱に顔をぐぐっと近付けて、ハンバーグに釘付けになる。

ごろっとした丸みのあるハンバーグだ。小ぶりだが、小さな弁当箱の中では存在感があった。しっかりと焼き色がついており、見るからに食欲を誘う。

千佳ははっとして顔を上げると、軽く頭を振った。

「……いえ、これってあれでしょう。冷凍食品でしょう？　最近の冷凍食品は凝っているもの。そうよ、学校のお弁当にハンバーグだなんて」

「いや、これ今朝焼いたやつ。昨日の夕飯がハンバーグだったから、ついでにタネだけ作っておいたの」

「………………！」

唖然とした表情でこちらを見る。なんともいいリアクションだ。

タネがあるなら焼くだけなので、それほど手間ではないのだが。

「佐藤……、あなた、朝からフライパンを使ったの……？　油も……？」

「あ、そっち？」

「今日って四時起き？」

「いや、フライパン使うだけでそんな気合入った時間に起きない……」

千佳が目玉焼きすら上手く焼けないのは知っていたが、そこまでフライパンに不慣れとは。

ならば、よりこのハンバーグの価値は上がるはず。

ハンバーグを指差し、由美子はそっと尋ねた。

「渡辺、これ食べない？　あたしあんまりお腹減ってなくてさ。ハンバーグ好き？」

「す、好きだけれど……、え、で、でも。いいの？　手作りのハンバーグなんて……、そんな貴重なもの……」

案の定、ちらちらとハンバーグに視線を送る千佳。

しめしめ釣れた、と心の中でほくそ笑む。

今まで千佳が好きだと言っていたのは、オムライス、カレー、ミートソース。おおよそ好みが小学生男子のそれだ。「これだったらハンバーグ絶対好きでしょ」と思っていたが、案の定だ。

あぁなんとわかりやすい。

早くこのハンバーグを口にして、機嫌をさっさと直すがいい。

そこで、千佳のサンドイッチに目がいく。

あぁ箸がないか。

ハンバーグを箸で一口サイズに切り、千佳の口元へ近付けた。

「はいお姉ちゃん、お口開けて。あーん」

未だ迷いを見せていた千佳だが、目の前に迫ったハンバーグを前に、目が輝きだす。

小さな口をぱかっと開けて、顔を近付けてきた。

「あ、あーん……」

そして、それが口の中に入ろうとしたところで。

千佳がぱっと身体を引いた。そのまま固まる。

「え、どうしたの。ほら、口開けなよ。おいしいよ」

由美子がそう言っても、彼女の口は開かない。

目をぎゅっと瞑ってから、視線を逸らした。

「……いらない」

冷たい声でぼそりと言う。

まるで、不機嫌だったことを今思い出したかのように。

千佳は元の仏頂面に戻ると、サンドイッチをもそもそと食べ始めた。

ぐ……、ダメだったか……。もうちょっとだったのに。

彼女は釣られかけていた。しかし、直前で針が外れてしまった。

手段自体は有効だっただけに悔しい。

それに、「こいつは食べ物をあげておけば機嫌直すだろ」とたかを括っていたので、通用しないと困ってしまう。

どうしよう。

ほかに千佳の機嫌が直りそうなもの……、彼女の好きなもの……。

……おっぱい？

胸に関しては、食べ物よりも熱量が高い。

それこそ、「おっぱい触る？」とでも言えば、ハンバーグに耐えた彼女でも釣り上げられる気がする。

でもなぁ……、おっぱい触る？　はちょっとなぁ……。

自分でそんなことを言うと凹みそうだ。それに、癖になられても困る。

仕方なく、由美子は黙って弁当を食べ始めた。

互いに黙々と食べ続けるだけで、そこから会話に繋がることもない。

今日はラジオの収録日なのに。

こんなことで大丈夫だろうか。

一旦、休憩入りまーす、と調整室から言われ、由美子はふぅ、と息を吐く。

千佳がユウちゃんで収録を始める、というトリッキーな導入に戸惑いはしたが、収録自体は順調だ。

始まってしまえば、いつもどおり。

由美子の隣に放送作家、向かいには千佳。

テーブルの上には四つのマイクと四つのカフ。台本。小ぶりの時計。各々の飲み物。

ガラス張りの向こうは調整室で、機材の前にディレクターの大出やほかのスタッフが座っている。

収録は問題なく進んでいるが、千佳の機嫌はやはり悪い。

何かに怒っている。

スタジオに来てからはさすがに顔に出さないが、学校でのやりとりが脳裏をよぎる。

収録のどさくさでええいままよ、と理由を訊いてみたけれど、明確な答えは得られなかった。

「すみません。お手洗いに行ってきます」

千佳が席を立った。

それを見送ってから、放送作家の朝加美玲を見る。

前髪をゴムで雑にまとめ、露わになった額には冷えピタが貼ってある。

顔はすっぴんで、目の下のクマがとても目立っていた。

服装は上下スウェットという非常にラフな格好だ。

とても仕事中とは思えない容姿の彼女に、顔を寄せた。

「ねぇ、朝加ちゃん。ユウが何か怒ってるみたいなんだけど、理由わかる？」

「へ？　夕陽ちゃんが？　怒ってるって、あの子はいつもやすみちゃんに怒ってるじゃない」

「いや、そうなんだけど、そうじゃなくてさ」

ややこしい、と自分たちの関係を思う。

「あいつは確かに普段から怒ってるんだけど、今日の怒り方はいつもの怒り方じゃなくて、普段の怒り方とは別の怒り方なんだよ、普段のは怒ってるけど今ほど怒ってないというか」

「何言ってるの？」

要領を得ない由美子の言葉に、朝加はおかしそうに笑う。

ブースの外に目をやりながら、朝加は腕を組んだ。

「夕陽ちゃんがやすみちゃんに何か怒っていて、無意識に怒ってるアピールしてるってこと？　あはは、かわいいね、夕陽ちゃん」

にこやかに笑う。

思わず、笑い事じゃないよ、と苦言を呈した。

「かわいいもんか。こっちとしては困るよ。聞きたいことも聞けやしないんだから」

「ふうん？　そうだよね、普段のやすみちゃんなら放っておきそうなもんだけど……、機嫌直してもらわなくちゃ困るってわけね。それで、理由が知りたいと」

「話が早くて助かるよ」

朝加の察しの良さは本当にありがたく思う。

パーソナリティの変化に敏感な彼女なら、不機嫌の理由もさらりと当ててくれるのではないか。

しかし、期待に反して朝加は肩を竦めた。

「わからないなぁ。やすみちゃんが何かやったんだろうな、とは思うけど」

「ぐ……」

ど、どいつもこいつも……、人のせいにして……、と悪態をつきたくなる。

しかし、全く反論できないのも事実だ。

「まぁでも、収録でまずいところはなかったよ。前回もそう。やすみちゃんの発言に、決定的な失言があったようには感じなかった。だから、夕陽ちゃんが怒ってるとすれば、それ以外のことじゃないかな」

「それ以外……？」

それは考えもしなかったことだ。

なぜなら、由美子と千佳の接点はこのラジオくらいなもので、普段なら学校でも話さない。

怒らせようにも顔を合わせないのだ。

答えを得るどころか、むしろ謎が深まってしまった。

ならば、と席を立つ。

今日は幸運にも、夕暮夕陽の一番の理解者がいる。

「なるさーん」

調整室で大出と話していた、成瀬珠里に声を掛ける。

芸能事務所ブルークラウンのマネージャーであり、夕暮夕陽の担当である彼女。

童顔なせいでスーツに着られている感が強く、時折眼鏡もズレている見た目からは想像できないが、業界でも屈指の腕利きらしい。

成瀬は由美子の声に驚き、不思議そうにしていた。

「歌種さん、どうかしました？」

「やー、ユウのことで聞きたいことがあって。あいつ、何か怒ってるみたいなんですよね。なるさん、何か知ってます？」

成瀬がわからなければ本当にお手上げだ。

すがるような思いで尋ねると、成瀬の反応は想像したどれでもなかった。

ふにゃっとした笑みを浮かべ、なんだか嬉しそうにしている。

かわいい妹か何かを見るような目で、成瀬は口を開いた。

「あれはですねぇ、怒ってるんじゃないですよ。拗ねちゃってるんです。でも、拗ねてるって認めたくないから、態度がちぐはぐになってるというか。かわいいなぁ、夕陽ちゃん」

拗ねている？

その表現に引っかかりはしたが、とにかく成瀬は不機嫌の原因を知っているようだ。

ありがたい、と由美子は一歩前に出る。

「それで、なるさん。ユウが拗ねてるってどういうこと？　その拗ねてる原因って――」

「――――ちっ」

舌打ちが聞こえて、びくりとする。

トイレから既に戻っていたらしく、しっかり会話が聞こえる位置に千佳が立っていた。

無表情だが、明らかに黒いオーラが溢れ出している。

成瀬が言うには千佳は拗ねているだけらしいが、今ので完全に怒ったかもしれない……。

「えと、その。渡辺……？」

取り繕うように声を掛けるが、彼女は無視して由美子の脇を通り過ぎる。

「成瀬さん。余計なことを言わないでください」

あわあわしている成瀬にそうとだけ言うと、彼女はさっさとブースの中に戻っていった。

やってしまったかもしれない……。

成瀬が申し訳なさそうに肩を落とす。

「す、すみません、歌種さん……。余計なこと言っちゃったかも……」

「……ううん。逆に腹が決まりました」

そもそも、そもそもだ。

なぜここまで、千佳に気を遣わなければならないのだ！


「成瀬さん、行きましょう」

収録が終わり、挨拶を済ませていると、千佳がだれよりも早く出て行こうとした。

「あぁ渡辺。ちょっと待って。話があるから」

声を掛けると、千佳はちらりとこちらを見る。

しかし、すぐに視線を前に戻してしまった。

「わたしはないわ。成瀬さん、先に行ってます」

そう言い残すと、逃げるように立ち去った。

成瀬はおろおろと、由美子と千佳を交互に見ている。

そんな彼女の肩をぽんと叩いた。

「ごめん、なるさん。ちょっと時間ください」

返事も待たずに千佳を追いかける。

廊下を速足で歩く千佳に、再び声を掛けた。

「ちょっと渡辺。聞いてって。ねえ。ちょっと」

何度言っても、彼女は足を止めようとしない。ムキになったように前を向いている。

……いや、本当にムキになっているのかもしれない。

それならば、と実力行使に出る。

スタジオから出たあたりで、我慢できなくなって千佳の手をがっと摑んだ。

冬であることも相まって、彼女の手がより冷たく感じる。

振りほどきはしなかったが、じろりと睨んできた。

彼女の眼光は鋭いが、さすがにある程度は慣れている。

摑んだまま、彼女の目を見つめ返した。

「なに。なに怒ってんの。あんた、ずっと怒ってるじゃん。理由言ってよ」

まっすぐに問い詰めると、彼女は意外な反応を見せる。

てっきり言い返したり、悪態をついてくると思っていたのだ。

けれど、今の千佳は気まずそうに目を逸らすだけ。

出てきた声も弱々しい。

「……べつに。怒ってなんかいないわ。ちょっと気持ちが落ち着かないだけ」

「嘘。なんかあるんでしょ。そういう態度じゃん。言ってくれないとわかんないし、はっきり言わないなんて渡辺らしくもない。何なの」

自分で言っていて、そうだ、と思った。

はっきり言わないなんて、彼女らしくないのだ。

本当に千佳が怒っているのなら、不機嫌をアピールなんてしない。面と向かって言ってくるはずだ。そこからしておかしかった。

「……悪かったわ。態度に出したつもりはなかったのだけれど。気を付けるから、もう離して」

あんなに意地っ張りな千佳が、謝罪を口にする始末。

ならば、ますますその理由が気になる。

知らず手に力が入ってしまったらしく、千佳が繋がっている手に目を落とした。

「渡辺がそう言うってことは、何かはあるんでしょ。はっきり言いなよ。そっちの方がお互いにすっきりする」

離さない、とアピールするために手をぎゅっと握る。

そこで千佳は観念したのかもしれない。

彼女は視線を逸らしたまま、口をもごもごさせた。

頬が徐々に赤く染まる。

言い辛そうに眉をひそめながら、こちらの手を強く握り返した。

「……ム」

ぼそりと呟く声は小さい。

よく聞こえなくて、彼女の口元に耳を近付ける。

「なに？　どうしたの？　もっとおっきな声で……」

すると、千佳はこちらの頭に額をくっつけ、ぐりぐりと押しながら叫んだ。

「ファントムよ、ファントム！　あなたがファントムのオーディションに合格したって聞いたの！」

「うるさ！　声のボリュームのつまみ、0か100しかないの⁉」

慌てて頭を離す。

そうしてからようやく、彼女の言葉の意味が理解できた。

「ファントム？　あ、あぁうん。合格したけど……」

もう伝わっていたのか、と思うと同時に疑問が深まる。

「したけど、さ。なんでそれで、あんたが不機嫌になるわけ……？」

戸惑いながら尋ねる。

千佳は空いた手で腕を擦り、言い辛そうに唇を噛んだ。

赤い顔がより赤くなり、何かに耐えるような表情に変わっていく。

しかし、半ばヤケを起こしたかのように、声を張り上げた。

「わ、わたしが神代アニメに出演することに、どれだけ恋焦がれたと思う⁉　わたしの夢だ、って言ったはずでしょう？　あのオーディションだって、どれだけの思いで挑んだか……！　そ、それをあなたはいともあっさり……！　さ、さらりと役を取って……！」

ぐぬぬ、と悔しそうな顔でこちらを睨みつける。

放っておけば地団駄を踏みそうな勢いだ。

きゅーっと拳を握るものだから、繋いだ手が痛みを訴える。

さっきまで冷たかったのに、興奮のせいか体温まで上がってきた。

そんな彼女の様子を由美子はぼけっと見つめる。

……。ならば、今までの不機嫌の理由は。

「え、なに。あたしがオーディションに受かったから、不機嫌だったってこと？　なにそれ、あたし悪くないじゃん」

「ええそうね！　だから、態度には出さないようにしたでしょう。きちんと気遣いはしたつもりだけれど？」

「いやいや！　出てたから！　不機嫌オーラだだ漏れだったから！　ほとんど言いがかりなうえに下手な気遣い恩着せがましいわ！　当たり屋しておいて厚かましすぎない⁉」

「出たわ。あなたのそういうところ、本当に嫌い。当たり屋だっていうなら、あなたのほうでしょう？　わたしが役を取れて喜んでいたら、横から『わたしもー！』って突っ込んできたんだから。そういうところが下品だっていうのよ」

「なんで役取っただけでそんな言い方されなきゃいけないの。そもそも、あれだって元々はオファーがあったからで……」

「はいはい、出た出た。お得意のマウントが出たわ。どうせわたしはオファーなんてなかったけれど？　あぁ本当に腹が立つ。あなたはいつだって人を不愉快にさせるわね。そういう業者さんですか？」

「勝手に怒ったうえに人を業者扱いするのやめてくれる？　別に役を取り合ったわけでもないし、共演するだけでさぁ……」

「ふん。他人事だからそう言えるだけでしょう。佐藤だって、自分がプリティアに出られたとして、わたしが横からノコノコ出てきたら同じ態度を取るに決まってるわ」

「そこまで心狭くないっつーの……」

はぁ、と大きなため息が出る。

本当に、今まで悩んでいたのがバカみたいだ。

こちらに非はないのだから、さっさと理由を問いただせばよかった。

呆れた目を千佳に向けていると、彼女の表情が訝しげなものに変わる。

「……というか、佐藤。さっきからなに締まりのない顔をしているの。なぜかはわからないけれど、にやにやするのはやめて頂戴」

「へ？」

千佳の指摘に、由美子は自分の頬に手を当てる。

自覚はなかったが、明らかににやついていた。

あぁまずい、と思って引き締めようとするも、上手くいかない。緩んだ頬が元に戻らない。

「…………？」

千佳の目が、不審なものを見る目に変わる。

思わず、顔を逸らした。

だって、そうだろう。

彼女の例えは実にわかりやすかった。

もし、由美子が憧れの『魔法使いプリティア』の出演が決まり、有頂天になっていたとして。

夕暮夕陽があとからオーディションに受かったと聞けば、絶対に複雑な気持ちになる。

なんであんたが。ちょっとやめてよ。これはあたしの夢だぞ。追いかけてくるな。追いついてくるな。当然、という顔であたしの横に立つんじゃない！

ただ、由美子がその感情を抱くのは千佳に対してだけだ。

もし、共演者が乙女やめくるだったら、「あ、いっしょに演れるんだ！　嬉しいな」と素直に喜んだろうし、ほかの先輩声優や後輩声優、同期にだって同じことが言える。

ただ、千佳に対してだけは。

夕暮夕陽に対してだけは。

負けたくない……、という想いが強すぎて、意識しすぎるせいで、複雑な感情に変化してしまうのだ。

どうやらそれは、千佳にとっても同じらしい。

夕暮夕陽が歌種やすみに対して、そんな感情を抱いてしまうらしい。

思わず、不機嫌になってしまうほど。無意識に不機嫌アピールするほど。食べたいハンバーグを我慢するほど！

「ちょっと。なに。なんで笑ってるの。理由を言いなさいな」

「や、なんでもない。なんでもないから。おっけ、わかった。それじゃあね」

考えれば考えるほど、にやつくのを抑えられない。

顔を隠し、千佳を置いて歩き出した。

さっきまであっちが逃げていたくせに、今度は千佳が追いかけてくる。

人の裾をぐいぐいと引っ張ってきた。

「なんだっていうの。言ってくれないとわからないし、はっきり言わないなんて佐藤らしくないわよ」

「なんでもないでーす。ついてこないでくださーい」

「はぁ？　なにを……、ちょっと。待ちなさい」

追いかけてくる千佳に、決して理由は話せない。

けれど、いつまで経っても、由美子は笑みを堪えることができなかった。

NOW ON AIR!! 第36回

「はい、次のメール読むわね。えー、〝おっさん顔の高校生〟さん。『先日、夕姫が主人公を演じる〝幻影機兵ファントム〟の収録が進んでいる、とツイッターで見ました。放送がすごく楽しみです！　どんな感じで収録が進んでいるのか、もしよかったら聞かせてください』」

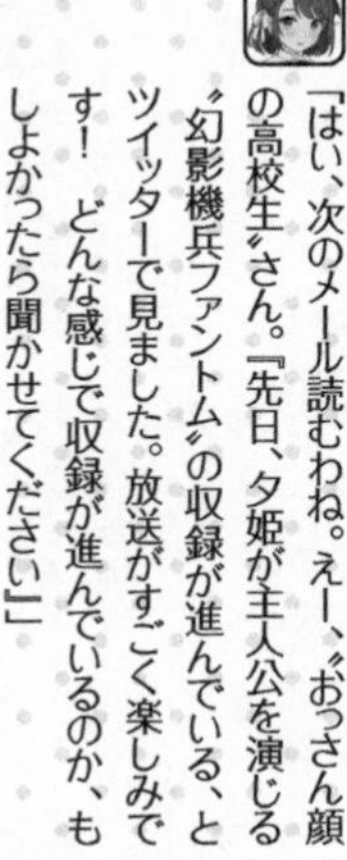

「あ、それはあたしも聞きたい」

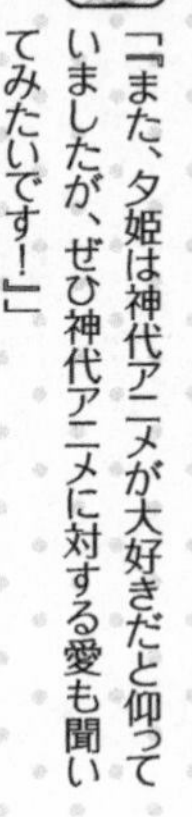

「『また、夕姫は神代アニメが大好きだと仰っていましたが、ぜひ神代アニメに対する愛も聞いてみたいです！』」

「それは聞きたくない」

「わたしに神代アニメを語らせたら長いわよ。今から放送時間いっぱいもらうことになるけれど、構わないかしら」

「絶対ダメです。そういうのはツイッターかなんかで独り言としてやってください。そんで変な古参に絡まれて無用な争いを広げてください」

「そうねまず神代アニメの魅力的な要素としてやっぱりロボットやメカの重厚で造り込まれた造形設定動作が挙げられるしそれはもちろんわたしも素晴らしいと思うけれど神代アニメはそれだけじゃなくてどれも共通して言えるのだけれど人間ドラマが素晴らしいわねキャラのひとりひとりに深みがあって彼らを完璧に理解することは不可能と言えるわでもそれはきっと現実でも同じでそこがまたリアルというか」

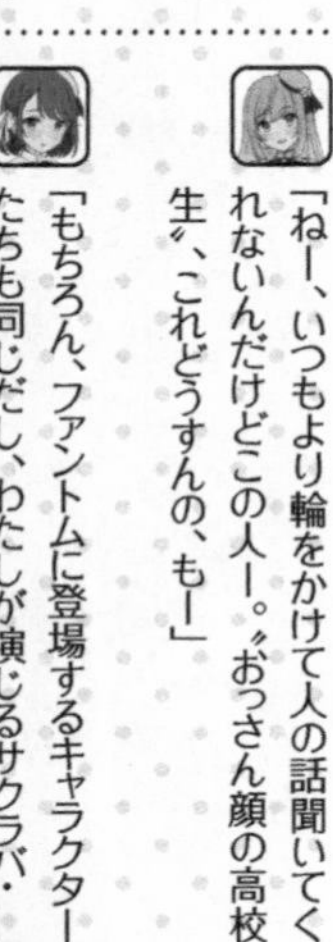

「ねー、いつもより輪をかけて人の話聞いてくれないんだけどこの人ー。〝おっさん顔の高校生〟、これどうすんの、もー」

「もちろん、ファントムに登場するキャラクターたちも同じだし、わたしが演じるサクラバ・ハツネもいろんな思いを抱えているわ。

ぜひ放送を楽しみにしてくださいね」

「あ、終わった？　最後宣伝に繋げて腹立つけど、終わってくれるなら何でもいいわ」

「あなたがガヤガヤとうるさいから、途中で切り上げたのよ。まったく、人の話を大人しく聞くこともできないんだから」

「は？　なんであんたが、大人の対応で譲歩したみたいになってんの？　超絶早口でアニメを語ってただけでしょうが。語るにしても、もっと寄り添った話し方はできないの？」

「出たわ。あなたのそういうところ、本当に嫌い。そもそも、やすは最初から聞く気なんてなかったでしょう？　決めつけで耳を塞いで、『こいつ早口でーす』って言ってるあなたに気を遣ってあげたんだから、わたしの対応はよっぽど大人だわ」

「こいつ……。ていうか、もう一個の質問を答えなよ。収録がどんな感じなのか、メールで訊かれてるでしょ。どんな……」

「あ、もう時間らしいわ。締めますね。たくさんのお便り、ありがとうございました——」

「ちょっと！　まだ時間あるでしょ！　いいじゃん！　ちょっとくらい聞かせてよ！」

to be continued……

いよいよ、由美子の『幻影機兵ファントム』のアフレコ初日がやってきた。
どんよりとした曇り空の中、由美子はスタジオを目指して歩く。
最近は日が暮れるのもめっきり早いし、帰るころには真っ暗だろう。
雨が降らなければいいけど、と空を見上げて白い息を吐いた。
スタジオに近付けば近付くほど、心臓がバクバクと高鳴り始める。
いくら落ち着け、と言い聞かせても、昂揚と緊張が身体を支配していた。
「あぁ……、ライブでもないっていうのに。緊張してるなぁ」
独り言を呟き、強がりで笑みを浮かべる。
アフレコでここまで緊張するだなんて、初めての収録以来だ。
思わず胸に手をやっていると、前を歩く人物に気付く。
ほとんど無意識に駆け出していた。
「お姉ちゃん！　おはよー」
千佳の隣に並ぶ。
癪だが、助かった、と思った。
千佳は今回の収録現場で、最も気安い相手だ。数少ない知人だ。
彼女と話せば、多少は緊張もほぐれると思ったのだ。
「……おはよう」

しかし、千佳の視線に貫かれて、ぎくりとした。

普段とは違う、力強い光が目に灯っている。

集中している。収録のことで頭がいっぱいなのが伝わる。

「……悪いけれど。あなたとお話している余裕は、わたしにはないわ」

視線を戻し、まっすぐ前を見据えている。

「あ、あぁうん。こっちこそごめん……」

素直に謝ってしまうほど、今の千佳には迫力があった。

現場に何度も足を運んだ千佳でさえこの調子だ。

やはり、ファントムの収録現場は一筋縄ではいかないらしい。

覚悟を決めてスタジオに入る。

まずはスタッフに挨拶だ。

「あぁ、歌種さん。今日はよろしくお願いします」

『幻影機兵ファントム』の監督であり、千佳の父でもある神代監督との挨拶は、実に簡素なものだった。

由美子の知る神代は、どこか頼りない印象があり、千佳や千佳の母に対して困ったような顔を見せることが多かった。

別の場所で偶然会ったときも、彼はそれなりにフレンドリーに接してくれた。

思えば、あれは声優というより、娘の知人として接していたのだろう。

今の神代監督からはピリッとした空気と、緊張感を覚える。

真面目な表情で台本を眺め、音響監督の杉下と言葉を交わしていた。

今日は初めての収録だし、初対面の人も多い。

次々と来るほかの声優へ、挨拶を繰り返す。

「初めまして、チョコブラウニー所属の歌種やすみです。本日はよろしくお願いします」

そんな定型文を言うだけでも、結構な消耗をした。

新しく声優が姿を見せるたび、「ふひー……」と声が出そうになる。

何せ、普段会わないようなベテランが多い。

ひとりふたりならともかく、次から次へと名前をよく知った顔が入ってくるのだ。

新人はどうしても威圧感を覚える。

普段ならフットワークの軽い由美子も、今日は大人しく挨拶だけに留めていた。

そうじゃなくても、ブースの空気にはビリビリしたものを感じる。

彼らが発するオーラがそうさせるのか、由美子の緊張がそう思わせるのか。

台本を握る手に、自然と力が入った。

「おはよーございます。ん、てっちゃん……、まーだそのだっさいセーター着てんの？　ココ、現役女子高生がいんだよ？　そりゃおっさん扱いされるって」

「うるさいなぁ。年相応だろ。いいんだよ、これで」

「あ、大輔さん、この前はご馳走様っした。たけー日本酒置いてある店見つけたんで、今度連れてってください。銀座っす銀座」

「お前はいっつもたかりに躊躇がねーな。前もどんだけ俺の財布を軽くしたと思ってんだ。今度うちの嫁さんに頭下げに来いよ」

軽快に挨拶を交わす女性がブースに現れた。

さっぱりとしたショートボブに綺麗な肌、品のあるメイクが目を惹く。

四十代後半のはずだが、そうとは思えない若々しさだ。

黒のセーターにデニムを穿いたシンプルコーデだが、とても似合っている。スタイルがいいからだろう。背が高く細身で、立ち姿が綺麗だった。

少年のような笑みを浮かべながら、気さくに出演者と話している。

彼女がいるだけで空気が明るい色に染まっていった。

ただ、由美子の緊張はさらに強まる。

――『魔法使いプリティア』二代目主人公役、大野麻里さんだ！

由美子が声優を目指すきっかけとなった作品、その出演声優のひとり。

大野とも初対面だ。機を見て、挨拶に向かう。

「は、初めまして、チョコブラウニー所属の歌種やすみです。本日はよろしくお願いします」

深々と頭を下げる。

「はいはーい、よろしくー」

さらりと挨拶を返された。

思わず、いろいろと伝えたくなってしまう。

自分は大野を尊敬していること、プリティアを見て声優を目指したこと、いつも応援していること。それら昂る感情を。

ただ、ぐっと堪えた。

今から大事な収録なのもそうだが、自分では大野と仲良くなれないことを知っている。

前に一部で話題になったのだ。

ある若手声優が引退する際、最後に様々なことを暴露してから消えていった。

その中で、『大野麻里は若手に冷たい』という話が上がった。

その若手声優の発言はすべて眉唾物であったし、ただのやっかみとして処理されるだけ……、のはずだったのだが、大野自身が肯定したのだ。

大野がラジオにゲスト出演したときの話である。

『あー、あれでしょ。あたしが若手に冷たいって話。ほかのは知らねーけど、あれはマジだよ。あたしは若手に飲み誘われても行かないし、大して関わらないようにしてる』

『え、それ言って大丈夫なの（笑）でも、大野ちゃん後輩に慕われてたじゃん。いっつも現場で囲まれてたイメージあるけど』

『あーね。やっぱ若い子が慕ってくれると嬉しいもんでさ、『大野さんに憧れて声優になったんです！』なんて言われちゃあ、おばちゃんとしてはイチコロよ。しょっちゅう遊びに行ったり、ご飯連れて行ってあげたり。あたしも先輩らしくなったもんだな、って思ったよ』

『だよね（笑）可愛がってた後輩もいっぱいいたし……、それがどうしたのよ』

『そのかわいい後輩たちがねー、この十年でほとんど残らなかったからねー』

『あー……、やめちゃったんだ』

『そ。やめる方は踏ん切りつけて、『今まで楽しかったです』なんて言ってくるけどさ、残された側からすれば虚しいもんよ。ぜんぜん残んねーんだもん。辛いっつーの』

『俺も覚えあるわー。お互い気を遣うから、やめたあとはもう会わなくなるしね』

『そー。こんな思いするくらいなら、業界に残れる奴としか遊びたくなるって。まー、この話流した声優も結局残れなかったし（笑）だからまー、後輩諸君。あたしと遊びたいなら売れてから来てねー』

『やな先輩だなぁ（笑）』

　この話を聞いたときはショックだったが、そういう話をあけすけにできる彼女に、やはり憧れたのだ。

　いつか。いつかこの世界に残れる、と確信したときには話をしに行こう。

そう心に誓いながら、このときは大野から離れた。

「よろしくお願いします」

席に戻ろうとしたとき、声が聞こえて再び心臓が跳ねる。

あぁなんて綺麗な声なんだろう。

ブース内は雑談が重なり、それなりに賑やかだ。

けれど、その中でも輝きを放つ、芯のある心地よい声。

声量はなく、むしろ静かな挨拶だったのに、するりと耳に入ってくる。ぞくりとした。

声優になってからというもの、彼女の凄さを理解するたびに戦慄する。

容姿だって異質だ。

覇気のないぼうっとした顔に、腰まで伸びた長い髪。そのさらさらとした髪は、もはや人のものではないように感じる。これでほとんど手入れをしていないらしい。

眠たげな眼をしていて、肌はびっくりするほど瑞々しい。

ノーメイクで二十代にしか見えない彼女だが、実際は大野と同じく四十代後半だ。

大野だって若々しいのに、彼女は人智を超えた何かを感じる。

服装は、非常にシンプルな黒のワンピース。

スタイリストがつかない限り、彼女はこれ以外着ようとしない。

「おー、森ちゃん、今日はゆっくりだったね。なに、前の仕事が長引いた？」

「いえ、特には」

「森さん、一応訊いておいてー、って言われたから訊くけど、『黒姫』の打ち上げ行く？」

「ありがとうございます。行きません」

「つーか、森ちゃん。連絡先くらいだれかに教えておきなよ。毎回伝言されてんじゃん」

「教えても、わたしスマホ見ませんし」

抑揚のない声で、ベテランたちの言葉を躱している。

彼女は相手がだれだろうが、常にこの調子だ。

服装も無頓着で、人付き合いも最低限で。

まるで、声を吹き込むこと以外、すべてに興味がないような人だった。

代わりに、彼女の声は異様なまでに惹きつける魔力がある。

声色を自在に操り、そしてどこまでも深みがあった。

すべてを削ぎ落としたからこそ、そこまでの高みに辿り着けたのではないか——、と思うほど。

彼女の名前は、森香織。

『魔法使いプリティア』の初代主人公役であり、声優になるために生まれてきたような人だ。

頃合いを見て、森に挨拶する。

森はブースの椅子に腰かけ、台本を姿勢良く眺めていた。

声を掛けると、森は緩慢な動作で顔を上げる。

「森さん、お久しぶりです。今日はよろしくお願いします」

「よろしく」

短く答えると、すぐに台本へ視線を戻す。

……彼女とは過去二度、共演したことがあるが、きっと由美子のことは覚えていない。

それどころか、彼女の記憶に残れる新人はどれほどいるのだろう。

意識しなくても、どうしても千佳の方を見てしまう。

「おいおい、森～。あんたはいっつも辛気くさい顔してんな！　たまには愛想のひとつでもみせたらどう？　睡眠足りてんの？」

「あなたはいつも元気そうで、いいね」

森と大野がそんな会話をしている。

このふたりの演技を間近で見られる。

そう思うと、手により力が入った。


収録が始まると、ブース内の空気が一気に引き締まる。

今から行われるのは通しでのリハーサルで、本番ではない。

演技指導や確認も含めた、あくまでテスト収録だ。

けれど、それでも空気の質が段違いだ。

普段の収録にはないような、凄味が伝わる。

広いブースだ。前方にあるモニターも大きく、設置されたマイクも四本ある。

参加している声優の数は多いものの、長椅子だって広い。

調整室とは少し距離があるが、スタッフの顔はよく見えた。

……だというのに、何だろう。この圧迫感は。

これを感じているのは自分だけだろうか、と由美子は手の汗を拭う。

「親愛なる敵側にお前さんの情報が筒抜け、というわけだよ、サクラバ。なぜかは知らんがね」

重厚な声でありながら、茶目っ気のある演技を見せる、オリバ役の藤本大輔。

「ちょっと待ってよ！　じゃあ、あたしたちが撤退したのって、このバカのせいってわけ⁉」

サクラバよりも歳が下で、我が強いパイロット、ソフィアを演じる森香織。

「落ち着きなさいな。今はそんなことを言っている場合じゃないでしょう。サクラバ、あなたなら原因がわかるんじゃない？　心当たりはないの？」

サクラバたちに指示を送る、司令部の落ち着いた雰囲気の女性、エマ役の大野麻里。

「わかりません……。見当もつかない。なぜ、わたしを知っているの……？」

そして、『幻影機兵ファントム』の主人公——若き天才パイロット・サクラバ役、夕暮夕陽。

気を抜くと、この光景に涙が出そうになる。

千佳がすごい声優に囲まれながら、主人公を演じている。

千佳のことは嫌いだけど、この数ヶ月間でいろんなことがあった。

それを乗り越えて、彼女は今演技を続けている。

それに感動はするけれど、人のことを気にしている場合ではない。

これから、由美子も——歌種やすみも、彼女たちとともに演じるのだ。

大丈夫。

大丈夫だ、と言い聞かせる。

オーディションに受かってから、ずっとずっと練習したではないか。

心を落ち着かせていると、いよいよ由美子が演じるシーンがやってきた。

「…………」

マイクの前に立つ。隣には千佳がいる。

互いに視線を交わすことなく、ただ黙って音響監督である杉下の指示を待つ。

ドクドクと心臓がうるさく響き、マイクに拾われるんじゃないかとさえ思う。

何度も何度も深呼吸しているうちに、杉下からの指示がスピーカーから届いた。

台本をめくり、モニターに目を向ける。

ほとんど完成された映像が動き出し、タイマーが忙しなく回り始めた。

綺麗な作画のアニメーションが流れていく。

映像がキャラクターのアップになるが、彼女らの声が聞こえたのはすぐ横からだ。

「待ってください。敵のパイロットから通信が入っています……、繋げますか？」

「例の、あのパイロットから？　……。……お願い」

「…………っ」

千佳が吐息で驚きを表現したあと――、いよいよ由美子の出番だった。

「あぁ――、久しぶりね。サクラバ。卒業式以来だけど、わたしのこと、わかる？　やけどがひどいからわかんないか。シラユリ・メイ……、あなたの同級生よ。思い出した？」

モニターに映し出されたのは、顔の半分にひどいやけどを負った、サクラバと同じ少女パイロット。

眼の光は鈍く、浮かべた笑みはどこか不気味だ。

声だってそれに合わせて、不穏で、含みがあって、いかにもどこか壊れているような――そんな声で演じた。

この声を調整するのに時間は掛かったが、その分だけ完成度は上がったと思う。

『シラユリは、サクラバに強い恨みと劣等感を抱いています。学生時代、常に二番手だったシラユリは、首席のサクラバをライバル視していたのに、サクラバが全く意識してなかったからです。サクラバに対する異常なまでの執着心、復讐心、それを内なる狂気として演じてください』

収録の前、監督から演技の指導が入る。

どうやらシラユリは本当に大事な役どころらしく、延々と演技指導を受けた。

……実際のところ、指示された演技は考えていたものとだいぶ違ったのだが、そこは調整していくしかない。

ここもそんな演技のひとつ。

けれど、上手くできたのではないか。

シーンが終わると、すぐに杉下から指示が入る。

その瞬間、千佳がこちらを一瞥したのがわかった。

「——歌種さん。ちょっと我が出すぎです。シラユリは劣等感があることをサクラバに知られたくないんです。あくまで滲む程度の演技をお願いします。あからさまに狂ったような演技もいけません。全体的にもう少し控えめにしてください。それと——」

スピーカーから、演技指導が流れ続ける。

その情報量に目を白黒させながらも、かろうじて、

「は、はいっ」

と返事をした。

指導を必死で飲み込む。頭で慌てて演技の立て直しを図った。

さ、さっきのは感情を出しすぎた……、ええと……、まず……。

しかし、全力で頭を回転させなきゃいけないのに、別の思考がどうしてもよぎってしまう。

そんなにも、ダメだったのか。

杉下の口調はやわらかいものの、演技はどんどん否定される。

というか、いっぺんに言われても困る。立て直せない。頭で描く演技と、実際の演技が上手く重ならない。調整しようにもコントロールが利かない。難しい！　深みが足りない。奥行きが足りない。解釈まで間違っていた。まるでダメだ。なら、今からそれを立て直すのは――。

「では、もう一度同じシーンをお願いします」

杉下からそう言われ、はっとする。

余計なことを考えている場合ではない。

今はとにかく、言われたとおりに演技を直さなければ――。

そう思うものの。

いや、そう思えばそう思うほど。

由美子の演技はどんどん崩れていった。

「――それでは、抑えすぎですね……。感情を隠すのと抑えるのは違うんです。難しいですか？　オーディションのときの演技を、昇華する感じでお願いしたいんですが……。歌種さん、いけますか。もう一度、お願いします」

「は、はい……、や、やります」

杉下の困ったような声、悩みながらのディレクションにずぅんと心が重くなる。

何度目かのリテイク。

自分では言われたとおりに演技しているつもりでも、全くOKが出ない。

正解がどこにあるのか。

正しい演技にどうやったら辿り着けるのか、全くわからない。

ただただ、己の不甲斐なさと実力不足を目の当たりにする。

まるでつるし上げられている気分だった。

憧れの声優や、自分の何倍もの芸歴を重ねた大先輩。

そして、夕暮夕陽。

彼女たちに囲まれながら、一向に完成しない未熟な演技を見られ続けている。

自分のせいで待たせている。待ってもらっている。

一回のリテイクが異様なほど長く感じた。

焦る。焦る。

焦るせいで、より演技が離れていく。そこをまた指摘されて、それで焦って、さらにひどくなる。悪循環だ。ぐるぐると同じところを回っている気分だった。

「……はい。一旦、このリテイクで置きましょう。あとで相談させてください。では、次のシーンをお願いします」

「…………！」

杉下からの言葉に、思わず調整室を見る。

OKが出ないまま、後回しになった。

このままでは埒が明かない、と判断されたのだろう。ほかの声優を待たせてもいる。

どうにもならない由美子を置いて、収録を進めるのは合理的だ。

けれど、見捨てられた気分になる。

ぐっと涙が出そうになった。

今日は、シラユリとサクラバの回想シーンだって録る。

そこではまた違う演技を要求されるだろうし、段階的に狂っていくシラユリを演じなければならない。

そこが難しいと思ってたくさん練習して、覚悟してこのアフレコに挑んだのに。

本当に最初の最初で躓いてしまった。

数十ページの台本が、どんなものより重く感じる。

そして、危惧したとおりに収録は難航した。

由美子が演じるシーンはことごとく引っかかり、何度かリテイクしたあと、同じような言葉を告げられる。

「……はい。一旦、このリテイクで置きます。あとで調整しましょう。では、次のシーンをお願いします——」

そんなふうに切り上げられるたび、この身が切り刻まれるかのようだ。

まるでダメだ、と言われているに等しい。

強い感情が鼻の奥をつんと刺激し、一生懸命堪える。

少しでも力を抜けば、その感情に負けてしまいそうだった。

そして、情けなくて仕方がなかった。

そんな姿を、千佳に見られているのは。


「歌種。おい、聞いてんのか、歌種！　お前、ガヤやるっつってたのに、座ってやるわけ？　疲れたからって先輩方にお任せすんのか？」

そんな怒鳴り声が聞こえて、はっと顔を上げた。

今まで座っていた先輩声優が、マイクの前に立っている。

そして、みんなこっちを見ていた。

その中心に、腰に手を当てて怒りをあらわにした大野が立っている。

サーっと血の気が引いた。

歌種やすみのリテイク分が残っているものの、それ以外は本番まで録り終えている。

そのあとにガヤ――、ガヤというのは、たとえば、街中での喧騒や廊下での周りの会話、歓声や応援などの、台本にセリフのない声のことだ。そのガヤを収録する。

普通は新人が率先してやるものだ。

アフレコ前のディレクションでも、「あ、ここのガヤやります」と何度も手を挙げている。

休んでていい場面ではない。

「す、すみません……、や、やりますっ」

慌てて立ち上がり、ぺこぺこと頭を下げながらマイクの周りに立つ。

「ぼうっとしてんじゃないよ。こんだけの人の演技を目の前で見られるんだから、普通は目ぇキラキラさせて勉強するところだっていうのに」

「はい、すみません……」

大野に睨まれて、ますます身を縮める。

何から何まで彼女の言うとおりで、暗い気分がさらに沈んでいく。

そんな失敗を重ねながらも、何とか収録を終えた。

「あの、今日はすみませんでした……、何度もリテイクを……」

収録が終わった瞬間、周りにそう謝罪しようとしたときだった。

「歌種。ちょっと」

肩に手を置かれ、言葉が途切れる。

振り向くと、大野がニコーっと笑みを浮かべていた。

その笑みが親愛からくるものじゃない、とはすぐにわかる。

慌てて、さっきのことを詫びた。

「す、すみませんでした……、さっきのガヤも……、収録も長引いてしまって……」

「あぁそうね。でも、あたしが言いたいのは別のことでさ。いやね、あんたも大変だと思うよ。あんだけリテイク喰らってさ。疲れてるのもわかるけど。――でも、あの態度は周りに迷惑だから」

思考が止まる。

何のことかわからないが――、自分は今、怒られている。

「言われた演技ができない、そりゃ辛いことだよ。あたしにもよっくわかるよ。でもさ、くっらい顔で落ち込んでる奴が隣にいてみ？　こっちまで気が滅入ってくるっしょ？　言っちゃなんだけど、空気最悪だった。すげーやりづらかったよ。自分ができないだけならまだしも、人の演技を邪魔しちゃダメでしょ」

再び青ざめる。

そんなことになっていたなんて。

「す、すみま――」

「いや、謝ってほしいんじゃない。次から気を付けろって話。アニメはひとりで作ってんじゃないんだ。あんたが満点の演技ができたとしても迷惑振りまいて周りのパフォーマンス下げてちゃダメだよな？　言ってること、わかるよな？　そんだけ。もっと周りに目を向けな」

大野はそう言い残すと、由美子が返事する前にブースから出て行ってしまった。

呆然とする。

きゅーっと激情がせり上がってくる。

自分のことしか考えてなかったこと、大野にあそこまで言わせてしまったこと。

それらが重なって、ずしんと肩にのしかかる。

「歌種さん。居残り、大丈夫ですか」

ブースにただひとり残っていると、杉下が入ってくる。

居残り。

由美子のように収録が上手くいかなかった場合、残ってアフレコを続けることがある。

経験したことはあるが、ここまで辛い居残りは初めてだった。

「少し休憩してから、収録を再開しましょう」

「……はい」

言われて、ブースの扉を開く。

廊下に出ると、激しい雨音が聞こえた。
あぁ降り出したか……、なんて、強がりのように別のことを考えて、廊下を歩く。
ゆっくりとした足取りでトイレに入った。
幸い、ここまでだれとも会わなかった。
個室に入り、腰を下ろす。
ここならだれにも見つからない。

「……あぁ……」

そう思った瞬間、ギリギリでせき止めていた感情が一気に溢れ出す。
あぁ。なんて、格好悪い。情けない。恥ずかしい。なんで。辛い。もうやだ。
弱音が溢れるように、涙がぽろぽろと流れ始める。
目をぎゅっと瞑っても、次から次へとこぼれ落ちていく。
自分の力のなさを、実感した。
情けなくて、恥ずかしくて、どうしようもなくて、泣くのを止められない。
ずっと前にも、アフレコ現場でトイレに逃げ込むことはあった。
同じように涙を流すことも。
だけど、あのときは意地悪な先輩や理不尽な監督にイジめられたからだ。
こんなふうに、自分に非があったからじゃない。

悔しい。

手をぎゅっと握りこんで、感情に支配されるままに嗚咽を漏らした。

「んっ……」

が、それも慌てて止める。だれか入ってきたようだ。

涙はすぐには止まらないが、口を押さえて声が漏れないようにする。

だが、彼女たちの声が聞こえた瞬間、身体が固まった。

「わたし、大野さんが後輩叱るところ、初めて見たかもしれません」

「え、そだっけ？ ……あー、あんた一話目いなかったもんね。まー、普段ならあたしも注意なんてしないよ。後輩が粗相しても知らねー、って感じ。事務所も違うしね」

「はあ。よっぽど目に余ったってことですか？」

「ん？ あー、そうだね。そうかもしんないねー」

楽しそうな大野の声を聞いて、冷や水を掛けられた思いだった。

いや、いっそ。本当に水をかぶってしまいたかった。

普段注意しない先輩が思わず口を出すほど、そんなひどい態度だったのか。

ふたりの声が聞こえなくなって、それでもしばらく経ってから個室を出る。

変わらず、外は雨音がひどかった。

「……戻らなきゃ」

真っ白になった頭でブースに戻る。

どれだけ自分の気持ちが沈んでいても、仕事は残っている。

悪戦苦闘しながらも、なんとか今日の分は録り終えた。

「……歌種さん、お疲れ様でした。長い時間、残ってもらって申し訳ない。ただ、今日お話したことを反芻して、また練習しておいてください。次はもっと良い演技に仕上げましょう」

「はい」

結局、何度録りなおしても、杉下が納得する出来にはならなかった。

たくさんのリテイクとディレクションを重ねても、届いたのはどうにか彼が妥協できるラインまで。

こうじゃなかった、こんなはずじゃなかった。

そんな思いを抱いたのは、由美子だけでなく彼も同じだっただろう。

「大丈夫です。次の収録は年明けですから。時間はありますから、根を詰めすぎずに。お疲れ様でした」

「お疲れ様でした」

頭を下げて、杉下から離れる。

彼は最後まで何か言いたげな顔をしていた。

そして杉下の言葉で、次の収録まで間があることを思い出す。

そういえば、ほかのキャストが別れ際に「よいお年を」と言っていた。
よいお年を。
決して今の自分には言えない言葉だ。
とぼとぼと廊下を歩く。
窓の外は暗く、雨が降り続いている。廊下までつられて暗くなっている気がする。
重い足取りでだれもいない廊下を歩いていると、ふと人の気配を感じた。
顔を上げて、胸が締め付けられる。
一番会いたくない人物が、そこに立っていたからだ。
「渡辺……」
彼女は気まずそうな表情でそこに佇んでいる。
こちらを見る目は弱々しく、迷いがあるように見えた。
「なんで、いるの」
会いたくなかった。
こんな惨めな姿を、よりによって彼女に見られたくなかった。
「あ――、ちょっと、父と……、監督と、話していたから。それで……」
そこで言葉が途切れる。
重い沈黙が場を満たす。

千佳がどんなつもりでこの場に立っているのか、理由はわからない。

しかし、彼女が口にするどんな言葉も、今の自分には毒でしかない。

普段のような罵りも嘲りも、受け流せる自信はない。

みっともなく八つ当たりするのは目に見えていた。

けれど、一番恐ろしいのは。

もしも、慰められてしまったら。

その瞬間、自分の心はバラバラに砕け散るだろう。

だから、先に口を開くしかなかった。

「あ、あー。収録、ぜんぜんダメだったわー。練習したんだけどなぁ。やっぱベテランばっかだったし、緊張するっていうかさぁ。まぁ次はちゃんとリテイクなしでやるよ。ほら、今度は年明けで時間もあるしねー。もうちょい慣れてるだろうし、きっと……」

ことさら明るい声で、へらへら笑いながら言う。

自分の心を守るには、そうせざるを得なかった。

それを聞いて、千佳は面食らった顔になる。

その表情が徐々に曇っていき、そっと眉根が寄せられた。

千佳の鋭い目はこちらを見ておらず、視線は床に向けられている。

そして、心からの落胆を表すような声で、彼女はぽつりと言った。

「――あんな姿を見せられて。そのうえ、言い訳まで聞かされるとは思わなかった」

失望。

まるで、その感情を示すお手本のようだった。

そのまま、何も言わずに踵を返す。

一度も振り返ることなく、彼女の背中は小さくなっていった。

由美子は、ただその場に立ち尽くす。

雨が建物を叩く音だけが響く。

それ以外に音は聞こえず、真っ白の頭がその音でいっぱいになった。

どれほどの時間、そうしていただろう。

突然、動き方を思い出したように、ゆっくりと外に向かって歩き出す。

外に出た途端、冷たい空気にさらされた。

雨はどんどんひどくなり、ビタビタと激しい雨音がうるさい。

真っ暗な世界に人の気配はなく、遠くで電灯のぼんやりした光が見えた。

雨が跳ね返って小さな雫となり、足にぶつかってくる。

傘は出さなかった。

そもそも、折り畳み傘が入った鞄をスタジオ内に忘れたからなのだが、そのことに考えが及ぶ前に、雨の中を踏み出す。

途端、激しい雨が降りかかった。

髪を濡らし、服を濡らし、一気に体温が下がっていく。

こんなことをしてはいけない。

風邪を引いたらどうする。早く戻るべきだ。

頭ではそう思うものの、身体は雨の中を歩き続ける。

しばらく歩いていると、目の前に川が見えた。

雨に負けないくらいに轟々とうるさく、勢い良く流れていく。

それを眺めながら、手すりに手を置いた。

その間も、雨は身体を濡らしていく。

周りにはだれもいない。

前を見据え、大きく息を吸う。

冷えた空気が肺の中を満たし――、川に向かって一気に吐き出した。

「あ――――――――――ッ！」

手すりに乗り出し、でたらめに声を張り上げる。

雨と川の音だけで満たされた夜に、由美子の声がまっすぐに飛んでいく。

「なんで！　なんで！　なんでできないの……っ！　努力が足りなかった！　理解が足りなかった！　実力が足りなかった……っ！　悔しい……！　悔しい悔しい悔しい……っ！　くそぉ

「……、くそぉ……！　やだ、こんなのやだ……っ！　くそぉ……ッ！」

叫びながら、呻きながら、感情のままに声を吐き出す。

手すりを摑んだままズルズルと崩れ落ち、ぎゅうっと手に力を込める。

痛いくらいに、感覚がないくらいに握りしめ、心の底から溢れる、熱くて、溶けそうなくらい熱くて、こんな寒い外でも、雨が蒸発しそうな想いを吐き出す。

「渡辺……っ！　渡辺ぇ……ッ！　よくも、よくもぉ……！　渡辺ぇぇ……っ！」

あれは効いた。

どうしようもなく効いた。

あんなふうに言われて、どうして平常でいられるだろうか。

情けない姿を千佳にずっと見られていた。

それだけで耐え難い屈辱だったのに、そのうえ、あんなことを言われて。

あんなふうに失望されて。

悔しい。悔しい。悔しい悔しい悔しい悔しい。やめろ。見るな。あたしを見るな。失望するな、見限るな、それ以上何も言うな。あたしはあんたを。あたしはあんたと。なんで。違う。こんなはずじゃない。なんでこんなに差が。あんたはこの位置まで堕ちてきたじゃないか。だっていうのに、なんで。なんで。違う、違う違う違う違う、そうじゃない――っ！

感情がのたうちまわり、自分の中で暴れまわる。

とっくに感覚がなくなっているのに、それでも手すりを強く握りしめる。

負の感情は次から次へと燃えていき、ひとつの巨大な感情に変わろうとしていた。

全身に熱が通る。

身体は完全に冷え切っているのに、燃え上がった血が隅々まで熱を届ける。

ぎり、と歯を喰いしばった。

「このままで終われるか……。終わってたまるか……ッ！」

めらめらと燃える闘志は、身体を奥底から温める。

自身の吐く息が熱くなるのを感じながら、由美子は立ち上がった。


「――ごめんね、加賀崎さん。忙しいのに」

「いや、こっちこそ悪かった。ファントムの現場くらいは行きたかったんだが……」

加賀崎が珍しく困った表情を浮かべる。

彼女は以前会ったときと同じように、顔がくたびれていた。

ため息を漏らし、テーブルにコーヒーカップを置く。

「まだまだ忙しくてな……。年末ってのはなんでこう……。由美子も踏ん張りどころだから、少しでもついててやりたいんだけど……」

収録を終えて一度家に帰ったあと、由美子は事務所を訪れていた。

会議室には由美子と加賀崎のふたりきり。

テーブルの上には、ふたつのコーヒーと台本が置かれている。

由美子は台本に手を置きながら、加賀崎をまっすぐに見つめた。

「忙しい中ごめんだけど、助けてほしい。今日の収録、ぜんぜん上手くいかなかった」

「……そうらしいな」

コーヒーを持ち上げながら、加賀崎は台本を見下ろす。

「どう困った。今、あたしにしてほしいことはなんだ」

「あたしの演技を聴いて、音響監督から言われたことを伝えるから、あたしがどうすればいいか教えてほしい」

「わかった」

加賀崎が短く答えたので、台本を手渡す。

セリフは頭に入っている。

ページ数を伝え、スタジオでやったように演じた。

すべてのセリフを言い終えると、加賀崎は難しい顔で口元に指をやる。

「あたしもシラユリの資料はきちんと目を通したんだが……、その演技でダメって言われるのか」

驚いたように言う加賀崎に、少しだけ救われた気持ちになる。

とはいえ、音響監督から言われたのだからダメには違いない。

それは加賀崎もわかっているようで、前かがみになって尋ねた。

「それで。具体的にどう言われた」

由美子は杉下から指導されたことを、漏れなく話した。

加賀崎は台本を眺めながら、ふんふんと頷いていたが、やがてその頷きもなくなる。

すべて話し終えると、彼女は指で顎を擦った。

「……それ、今日言われたこと全部じゃないのか。よく覚えているな」

「え？　あぁ、まあ。人から言われたことだし」

「そうか……、まぁうん。わかった。それにしても……」

ぽつりと呟いたかと思うと、加賀崎は台本を眺めたまま固まった。

「いや……、これは……」

難しい顔で何かを考え込んでいる。

ずっと黙っているので、不安になって彼女の顔を覗き込んだ。

「加賀崎さん？」

「ん。いや。何でもない」

彼女は小さな笑みを浮かべていたが、隠すように手を軽く振った。

　真面目な表情に戻ると、ゆっくりと言葉を紡ぎ出す。

「――うん。あたしが思うに、だが。音響監督に響いた演技は、やっぱりオーディションのときの演技だと思う」

「う、うん。それはそうだと思うよ。実際、オーディションの演技を昇華してほしいって言われたし……。でも、そのとおりにしたよ。オーディションでは準備不足だったし、ぜんぜん演技を詰め切れてなかったから、いっぱい練習してそこを調整して――」

「待った。そうじゃなくて。……その、準備不足の演技がよかったんじゃないか、って話だ」

　加賀崎は台本から視線を外し、こちらに指を向けてくる。

「考えてもみろ。あのときの由美子は、慣れてないキャラの演技だったうえに、練習量も足りてなかった。どうせ受かるわけない、と割り切ってもいただろう。監督が惹かれたのは、きっとそのときの演技だったんだよ」

　加賀崎は台本をテーブルの上に戻す。

　それを指でとんとんと叩いた。

「だが、状況が変わった。役が決まり、由美子はたくさんの練習をして準備をして、意気込んで収録に挑んだ。そこで音響監督が求める演技から離れてしまったんじゃないか」

「ま、待ってよ。それじゃ、練習しない方がよかったってこと⁉」

　思わず立ち上がる。

そんなのってないじゃないか。

努力を重ねて、必死で練習したのに、それが逆効果だったなんて。

しかし、加賀崎は冷静に手で制してくる。

「早まるな。そうじゃない。このキャラクターをしっかりと理解して、演技を深めたのはいい。ただ、演じようとしすぎたんじゃないか、と思う」

「演じようとしすぎ……？」

不可解な言葉に眉をひそめる。

加賀崎は背もたれに身体を預け、話を続けた。

「こんな話があるだろ。ゲームやアニメのライブで、声優がキャラクターの演者として舞台で歌うとき。由美子なら、プラガのマリーだな。その際、演者の視点からは、演じるキャラクターはどこにいるか」

「あぁ……、あれでしょ。自分が歌っているとき、そのキャラは隣や後ろ、そばにいてくれるタイプ。そのキャラが自分に降りて、憑依しているみたいに歌うタイプ、ってやつ。あたしは憑依する感じだったけど……。え、それがどうかしたの」

突然、そんな話をされて困惑する。

しかし、加賀崎は「それだよ」と指を立てた。

「ライブでも、マリーはすっかり由美子に馴染んでいるから、『演じよう』なんて意識はないだろ？　シラユリも同じかもしれない、って話だ。馴染んでるからじゃない。オーディションのとき、由美子はシラユリを自分に重ねて演じたんじゃないか。経験不足や練習不足を、無意識に自分で補った。『演じよう』とするんじゃなく、『ただ必死に演じた』」

そして、と続ける。

「それが、監督の心に響いた。お前のシラユリが、だ。ダメで元々だから、思い切った演技もできたろう。『ただ必死に演じたシラユリ』と『演じようとして演じたシラユリ』。きっとこの差が大きかったんじゃないか」

「…………」

加賀崎の言葉に、思わず黙り込む。

思い当たる節はあった。

というか、彼女の言うとおりだ。

オーディションでは上手く演じよう、なんて気持ちは一切なかった。

あの状況でできることをやるのが精一杯で、やるだけやってダメなら仕方ない、という気持ちも強かった。

今とは全く考えが違う。

「そ、それなら加賀崎さん。あたしどうすればいいの……？」

すがるように加賀崎を見ると、彼女は深く頷いた。

こちらに顔を寄せて、ゆっくりと言う。

「演じようとするな。降ろせ。さっき自分で言っただろう、お前は『憑依するタイプ』だって。シラユリが持つあの強い感情、あれは由美子にも理解できるはずだ。決して知らない感情じゃない。自分にシラユリを重ねて、憑依させて、マイクの前で声を発すればいい。監督が求めているのは、きっとそういう演技だ」

しっかりとこちらの目を見て、加賀崎は力強く言う。

その言葉は思った以上にすとんと胸の中に落ち、言葉が身体に溶けていくようだった。

意識が演技に傾く中、加賀崎はさらに続ける。

今度は、ふっと笑みを浮かべながらだ。

「それとな。気を張りすぎるな。周りがベテランばかりだから、そりゃ緊張するだろう。でも、それは絶対に演技に影響する。相手は同じ声優なんだ、気にしないくらいで……、いや、むしろ負けてたまるかー、くらいで行け」

「い、いや。それは難しいって。みんなすごい人ばっかりなんだし……、森さんや大野さんだっているし……」

加賀崎の言いたいことはわかるが、だからと言って、「じゃあ」とできるものではない。

『魔法使いプリティア』に出演することを夢見た自分が、実際に演じた人たちに囲まれている。

その状況で、どうしていつもどおりでいられるのか。

すると、加賀崎が何やら笑みを浮かべた。

「なに、加賀崎さん。どうしたの」

「ん。いやな、あたしはあの言葉が大好きでな。ほら、由美子のお母さんが言ってたこと。……わからない？　なら緊張しそうになったら、今から言う言葉を思い出しな」

加賀崎は嚙みしめるように言う。

「――『歌種やすみは、いつかプリティアになる声優です』」

「加賀崎さん……」

加賀崎は嬉しそうに笑っている。

その言葉は以前、由美子の母が千佳の母に啖呵を切ったときのものだ。

母の言葉がじんわりと染み渡っていく。

加賀崎や母がこう言ってくれるのだ。

彼女たちに報いるためにも、頑張らなくちゃ、と改めて思う。

「加賀崎さん、今度いっしょにママのスナック行こうよ」

「お、行く行く。由美子のお母さんとは腰据えて話したかったんだ。行こう行こう」

思った以上に乗り気な加賀崎を見て、由美子は嬉しくなる。

加賀崎はキャスト表を手に取り、もう片方の手でコーヒーカップを持ち上げた。

「まぁ、この面子じゃ新人はそりゃ緊張するだろって話なんだが。知り合いらしい知り合いもいないしな……。この中に由美子をよく知る奴がいれば、それこそ……」

言いつつ、加賀崎の言葉が止まる。

コーヒーカップに口を付けることも忘れて、キャスト表をじっと見つめていた。

「加賀崎さん？」

呼びかけると、彼女は顔を上げて由美子をまじまじと見た。

「なぁ由美子。演技で気に掛かることがあったら——」

再び、言いかけて止まる。

どうしたのだろう、と由美子が首を傾げていると、加賀崎はふっと笑った。

「いや、なんでもない。ライバルに助けてなんて言えないよな」

「……？」

彼女は何かを小さく呟いたかと思うと、手を振ってごまかした。

「それより」と続けて、台本を指差す。

「これからのことを考えよう。幸い、正月休みを挟むから次の収録まで間がある。時間はある。演技を練り直そう。あたしでよければ、演技を聴くくらいはできる。この時間でいいなら、事務所に来てくれたら毎日でも。帰りは車で送っていくから」

「え、いいの。加賀崎さん、忙しいんじゃ」

「ばか。それくらいさせてくれ。あたしは由美子のマネージャーだぞ」

その言葉に、心がぽかぽかと温かくなる。

忙しくても彼女は精一杯やってくれる。

それが純粋に嬉しかったし、頼もしくもあった。

そういうことなら、毎日しっかり練習して毎日でも事務所に――。

「あ、待った。注意。注意というか警告。根を詰めるの禁止。お前のことだ、集中したらこれだけしか目に入らなくなるから。視野が狭くなるのは悪い癖だぞ」

「え、なにそれ。そんなこと……」

「ある。夕暮の裏営業疑惑のとき、何も考えずに突っ走ったのはどこのだれだ」

「う」

……それを突かれると痛い。

確かにあのとき、視野が狭かったのは否定できない。

もっと周りに目を向けられれば、あそこまでひどい状況にならなかったかもしれない。

「で、でも……、集中するのは悪いことじゃないじゃん……」

せっかく熱が高まっていたのに水を差されたようで、ぶつぶつと不満を漏らす。

すると、加賀崎は目を三角にしてこちらに指を突き立てた。

「ダメ。頑張るのはいいけど、根を詰めるのはダメだ。いいか、由美子。切羽詰まった人間は、切羽詰まった仕事しかできない。余裕のない人間に、余裕のある演技はできない。これはな、人生とこの業界の先輩としての警告だ」

険のある声で念押しされる。

その実感のこもった言葉に戸惑っていると、加賀崎は軽く息を吐いた。

「お前にはほかの仕事も、学校生活だってあるだろ。それらを蔑ろにしても良い演技なんてできないから。しっかり仕事して、ほどほどに遊んで、そのうえでちゃんと練習しなさい。あくまで普通の生活に練習を上乗せすること。わかった？」

「わ、わかりました」

勢いに押され、こくこくと頷く。

おそらく、その言葉がなければ、ずっとファントムのことばかり考えていただろう。

加賀崎の警告を胸に刻みながら、台本に目を向ける。

「……加賀崎さん、もうちょっとだけ付き合ってもらっていい？」

「あたしの前でなら、いくら練習してもいいぞ」

さらりと釘を刺しつつも、加賀崎は台本を持ち上げてくれた。

「――――――」

「……由美子！　由美子、聞いてる？」

「え？」

顔を上げる。

目の前には、心配そうにこちらを覗き込む若菜の姿。

状況がわからず、周りを見回す。

教室内はざわざわと賑やかな声で満たされ、クラスメイトは半数くらいになっていた。

教室を出ていく生徒たちは、スクールバッグを持って別れの挨拶を交わしている。

「もうホームルーム終わったよ？　なのに由美子、ずっと固まっててさ。びっくりしたよ。どしたん？」

「……そっか。ごめん、ぼうっとしてた」

眉間を指でぐりぐりとほぐす。

最近、こういうことが多い。

加賀崎に注意を受けたので、気を付けてはいる。だが、それでもファントムのことを考えてしまう。

一度考えだすとすっかり意識を持っていかれ、いつの間にか時間が経っていた。

集中するとほかのことが見えなくなる、という加賀崎の指摘は正しいかもしれない。

若菜の目はこちらを気遣うものだったが、ぱっと表情を明るくさせた。

「ねぇ由美子。今日ってラジオの収録だよね？　それまでどっか遊びに行かない？」

「え？　いやあたしは――」

　確かに収録まで時間はあるが、それなら少しでも練習したい。

　台本や資料は鞄に入ってるし、読み込むことだってできる。

　一秒でも長く作品のことを考えていたい。

　なので、反射的に断りかけたが……。

『――頑張るのはいいけど、根を詰めるのはダメだ』

「……あー。行く。行く行く。どこ行こっか。若菜、行きたいところある？」

　加賀崎の言葉を思い出し、笑顔で頷く。すると、若菜の顔が嬉しそうに輝いた。

「え、由美子たちどこか行くの？」

「いいなー……。わたしたちも行っていい？」

　由美子たちの話を聞きつけ、クラスの女子が集まってくる。

　結局、クラスメイト何人かで遊びに行くことになった。

　ぞろぞろと廊下を歩いていると、隣の若菜が顔を寄せてくる。

「よかった」

「なにが？」

「最近の由美子、元気なかったから。たまにこわーい顔してるし。ちょっと前から忙しいって言って、遊びに誘っても来てくんなかったしさ」

「あー……。うん。ちょっと仕事が立て込んでて」

そんなに顔に出ていたのか、と自分の頬をぐにぐにとほぐす。

若菜の言うとおり、ファントムに受かってからはずっと家で練習していた。

遊びに行くのも久しぶりだ。

……加賀崎が言いたいのは、こういうことだったんだろうか。

「ねぇ、若菜。冬休み入ったら、うちに泊まりにこない？」

「え、いいの？　行く行く！　やった、久しぶりに由美子のご飯食べられるー」

若菜は由美子の腕に抱き着き、気の抜けた笑みを浮かべた。


若菜たちといるときは仕事を忘れ、たくさん遊んだ。

時間が来てから彼女たちと別れ、そのまま収録スタジオに向かう。

打ち合わせのための、いつもの会議室。

まだだれも来ていないため、ひとりで静かに待っていた。

「……時間あるし」

鞄から台本と資料を取り出す。空いた時間を有効に使うのは、問題ないはず。

ぺらぺらとめくり、作品の世界に没入した。

「…………………………………………………ん」

今何時だ、と顔を上げて椅子からひっくり返りそうになった。

いつの間にか、何食わぬ顔で隣に千佳が座っていたからだ。

彼女はスマホから顔を上げ、怪訝そうな目を向けてくる。

さすがに物申さずにはいられない。

「びっ……くりしたぁ……！　い、いるならいるって言ってよ……！　心臓飛び出すかと思った……。まーた忍者のスキル上げたわけ？　気配が完全に死んでたわ……」

胸を押さえて呻く。

いくら気配を殺すのが上手いからって、驚かそうとするのは悪趣味ではないか。

こちらが睨むと、彼女は睨み返してくる。

「出たわ。あなたのそういうところ、本当に嫌い。言っておくけど、わたしは音を立てて扉を開けたし、佐藤に挨拶もしたわ。それを無視したのはあなたじゃない」

「は？　そんなわけないでしょ。じゃあ気付くわ」

「気付かなかったのよ。あなたはそれに夢中だったから」

千佳が指を差したのは、広げていた台本と資料。

これに集中していたから、挨拶や入室に気が付かなかった、と彼女は主張している。

……そんなことある？

本当かなぁ……、と疑っていると、千佳が先に口を開いた。

「〝現場に台本なんてこれ見よがしに持ち込んで、やらしい〟」

「うるさいな……」

以前、学校で彼女に言った言葉をそのまま返される。

相手をするのも億劫になり、台本に目を向けた。

千佳と会話をするのは、あの収録以来だ。

あんなことがあったあとで普通に話せるだろうか、と心配していた。

どうやらそれは杞憂だったらしい。

言及しなければ、このまま何事もなく収録だってできるだろう。

ただ。

「渡辺」

「なに」

「あたしはあんたが嫌い」

「知ってる」

「だから、あんたにがっかりされるのが一番ムカつく。すごくやだ。絶対に耐えられない。だから――失望されたままでは、いないから」

顔を上げて、彼女を見る。

千佳は無表情でじっとこちらを見ていた。

視線が交わる。

しばらくの間、お互い見つめ合ったまま動かなかった。

やがて、千佳が小さく笑みを浮かべる。

「楽しみにしているわ」

「うん」

短いやりとりのあと、由美子は台本に視線を落とす。

同じように、彼女がスマホに目を向けるのがわかった。

朝加が来るまでの間、ただただ静かな時間が流れていた。

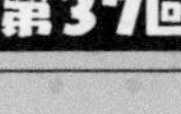

「ラジオネーム、〝取りやすい鶏肉〟さん。『夕姫、やすやす、おはようございます！』。おはようございます」

「おはようございまーす」

「『ラジオ合同イベントまでもう一ヶ月もないですね！　新年一発目のイベントなのですごく楽しみです！　さくちゃんとめくるんに会えるのが！　……もちろん、おふたりに会えるのも楽しみですけどね（笑）』」

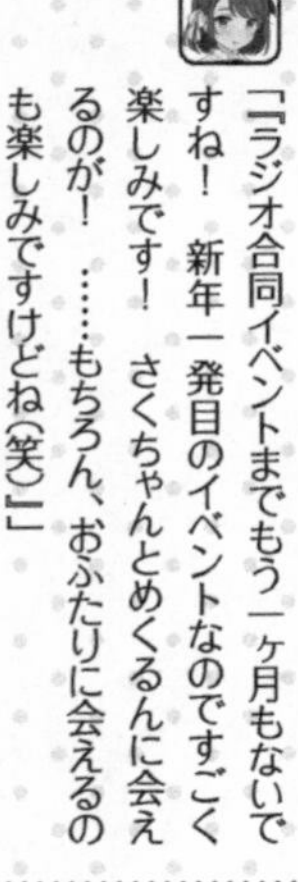

「なにわろとんねん」

「今のは『パーソナリティを軽く蔑ろにしておけば面白いだろう』と思ってる人への公開処刑です。軽率で安易なネタは自身の首を絞める。皆さま、よくわかりましたね」

「今回ばかりはあたしもユウの味方でーす。ディスるならスベるな。復唱しといて」

「……それにしても、もう少しでイベントだったわね。年明けてからだから、どうしても忘れがちになるというか。もうチケットは発券できそうだけれど」

「そうね。一応、こっちでも告知しておくと、『夕陽とやすみのコーコーセーラジオ！』『柚日咲めくるのくるくるメリーゴーランド』『桜並木乙女のまるでお花見するように』の三番組の合同イベントになっております。みんなよろしくね」

「この四人でいったいどういったイベントになるのか、割とさっぱりなのだけれど」

「まぁそうねえ。そもそも、あたしはユウが姉さんたちとちゃんと連携取れるか心配だわ。最近あんたの根暗っぷり悪化してない？　前の柚日咲さんのこともそうだけどさぁ。あー、リスナーに説明しておくと、事務所の先輩に上手く挨拶できなかったって話なんだけど」

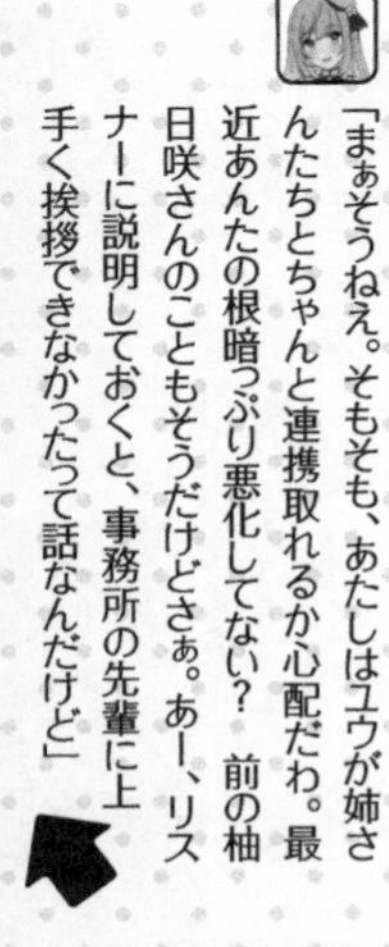

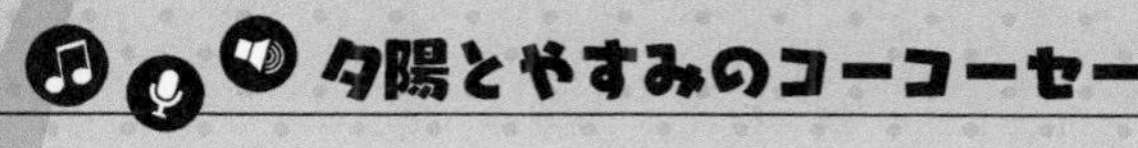

「……ちょっと。わざわざラジオで言わなくてもいいでしょうに……。大体、あのときはたまたまだから。わたしだって普段なら、挨拶や世間話のひとつやふたつ……」

「はいダウトー。あんたが自分から世間話するところなんて見たことないし、学校だと挨拶すらしないでしょ。なんでクラスメイトに嘘通用すると思った？　嘘にも社交性のなさが出てるわ」

「出たわ。あなたのそういうところ、本当に嫌い。そもそも、ちょっと雑談するくらいでなぜそこまで偉ぶれるの？　教室で大きな声出して手パンパンしてるだけで、立派な人間みたいに言うのやめてほしいわね。オランウータンでもそれくらいできるわよ？」

「こいつ……、そうやって人を見下す前に、輪に入る努力しろっつってんの。どうせあんたのことだから、クラスのクリスマス会とかも『うわぁ～……』とか思っちゃってるんでしょ。性格悪」

「あら、よくわかっているじゃない。あんなの本当にぞっとするわ。教室で群れるだけで飽き足らず、外でも集まりたがるなんて。絶対に近付きたくないわね」

to be continued……

「由美子、やっぱり最近元気ないね」

向かいに座る若菜が、ストローを口にくわえたまま言う。

今は放課後の帰り道。

ふたりでファミレスに寄って、だらだらとおしゃべりをしている最中だった。

「……やっぱそう見える？」

「うん。たまーに、スイッチがオフになってるっていうか。仕事のこと？　疲れてるの？」

「うーん。仕事のことだけど、疲れてるわけじゃなくて」

背もたれに身体を預ける。

自覚はしていたが、人といるときにまで出ているとは思わなかった。

それとも、若菜といると気が抜けるからだろうか。

ミルクティーを眺めながら、正直に言う。

「前の収録がぜんぜん上手くいかなくてさ。自分のせいなんだけど、辛いことばっかで。次の収録で挽回しなきゃ、って頑張ってるんだけど……、そのときの失敗を時々思い出しちゃって」

ふっと影を落とすかのように、あのときのことを思い出す。

次の収録を意識すればするほど、どうしてもチラついてしまう。

あんな惨めな思いは二度としたくない。

そう思うからこそ、そのために頑張っているからこそ、あの収録がフラッシュバックする。

「だから、若菜が遊びに誘ってくれるといい気分転換になるよ。こう、気持ちが上向くっていうか。空気が入れ替わる気がする。ずっとひとりでいると、空気がこもるからよくないんだなって思った」

加賀崎の言うとおりにして、実際に感じたことだ。

思えば、家に閉じこもって練習していたときは、視界がどんどん狭くなった。

息苦しい感じもした。

そこで休憩を挟めばリフレッシュできるけれど、そのやり方も知らなかった。

若菜が陽気に外へ連れ出してくれて、本当にありがたい。

それを伝えると、彼女は安心したように笑った。

「よかった。もしかしてわたし、由美子に気を遣わせてるのかなーって思ったから。無理に付き合ってもらってたらどうしようって」

「なに言ってんの。嫌だったら来ないよ。あたしが今更、若菜に気を遣うと思う？」

素直にそう言うと、若菜は幸せそうに微笑む。

由美子は頬杖を突いて、ぽつぽつと続けた。

「それに、若菜のおかげで外に目を向けられたからさ。今、いろいろやってる。乙女姉さん——先輩たちにアドバイスもらったり、監督たちに相談しに行ったりとか。……そんかわり、考えることも多いから、たまに固まっちゃうんだけど。そこはごめん」

苦笑して謝ると、若菜は「はぁ～」と感嘆の声を上げた。

「なんかこう聞くと、由美子って本当に声優さんなんだって感じがする。すごいなぁ」

「すごかないよ。すごかったら、こんなふうに悩んだりしないって。まぁとにかく、若菜と遊ぶのはすごく楽しいし、愚痴聞いてもらってありがたいから。変な気を遣うのはナシ」

安心させるために笑顔で手をひらひらとさせたが、今度は若菜が難しい顔をしていた。

「ふーむ……、気分転換……」

「若菜？　……普段のあたし、こんな感じで固まってんのかな」

何やら考え込んでしまった親友を見つめ、ぽつりとこぼした。


「はいはーい、クリスマス会の予定が決まりましたー！　十二月の二十四日！　学校帰りにみんなでカラオケ行くよー！　参加者は川岸まで！　シクヨロー！」

期末のテスト返しも終わり、二学期も残りは消化試合。

あとは、楽しい冬休みに思いを馳せるのみ。

そんな放課後の教室。

ホームルームが終わるとすぐに、若菜が教壇の前でそう声を張り上げていた。

ペンと紙を振りながらだ。

「えー、行く行くー」「お店決まってんのー?」「若菜、わたしの名前書いておいてー」「川岸ー、それ男子も行っていいやつ?」「ていうか、ここにいる奴ら全員イブに暇なのウケんね」

教壇の前にクラスメイトがワイワイと集まる。

若菜や由美子の明るいグループの面子が多く、ほかの男子や女子も積極的な子が多い。

彼女たちが明るく楽しそうなのを見ると、この間のラジオ収録を思い出してムカムカしてきた。

『あんなの本当にぞっとするわ。教室で群れるだけで飽き足らず、外でも集まりたがるなんて。絶対に近付きたくないわね』

こうやってみんなで集まって遊ぼう、なんて楽しくていいじゃないか。

それをあんな言い方。性格のわっるい。

収録では流れで口にしたが、意識すると本当に合同イベントが心配になってきた。

桜並木乙女、柚日咲めくる、夕暮夕陽、歌種やすみの四人で年明けに合同イベントが行われる。

何をするかはまるで決まっていないが、盛り上げるためには四人の協力が不可欠なはずだ。

全く協調性のない千佳がいて、問題なく終わるのだろうか。

不安の原因である千佳を盗み見る。

彼女はもちろん「行く行くー！」なんて前に出ることなく、帰るための準備をのっそりと進めていた。

「由美子ー！　来て来て！　来て来て！」

名前を呼ばれて、前に向き直る。若菜が元気よく手招きしていた。

教壇の方に寄っていく。

「若菜ちゃん、どうちたのー」

「由美子も行こうよ、カラオケ！　クリスマスは盛り上がろうぜ！」

「あー……、行きたいのは山々だけど、仕事入るかもだし」

「あー、声優って予定組むの難しいんだっけ？」と周りの女子に言われ、「そーそー」と返す。

ファントムのオーディションがいい例だが、「明日入れる？」なんて声優業界ではざらだ。

ひとつでも多くの仕事を受けたい身としては、少し先の予定も入れづらい。

ファントムの収録は関係なく、単純に声優として断らざるを得なかった。

すると、若菜がにぃっと笑う。

「何のためにわたしが幹事やると思ってんの。行けなくなったら、わたしが調整するからさ。仕事入らなければでいいから、行こうよ。パーッと騒いで、楽しく過ごそ！」

「若菜……」

ようやく彼女の真意に気付く。

温かい心遣いに胸がきゅーっと締め付けられた。

愛しさのあまり、若菜を抱きしめながら言う。

「若菜ありがと～、やさし～、好き～、仕事入らなかったら絶対行く～」

「うへへぇ。優しいっしょ？　将来、女の子産んだら、優しい子に育ってもらうために若菜って名前にしてもいいよ」

「自己肯定感つっよ……。自分の子に親友の名前つけるとか、絶対若菜もうこの世にいないやつじゃん」

しかし、本当に若菜には世話になりっぱなしだ。

こう……、感謝の気持ちを伝えたいなぁ……、と思いながらくっついていると、若菜がこちらの脇腹をツンツンとつついてくる。

「ね、由美子。渡辺ちゃんは行かないかな？　誘ってみたらどうだろ。人数の調整なら、わたしできるし」

「えぇ？」

なんだか頓狂なことを言い出した。

由美子はすぐに手をふりふりする。

「いやぁ、渡辺は行かないでしょ。こういうの嫌いみたいなこと言ってたし」

「えー……？　来てくれないかなぁ。わたし、渡辺ちゃんとカラオケ行ってみたいよぉ。ねぇ

「由美子〜、誘うだけ誘ってみてよ〜」

どうも若菜は、千佳のことが気になっているらしい。

彼女曰く、四月にカフェラテをかけちゃったときより、ずっと雰囲気がやわらかいし、今なら仲良くなれるかも……、とのこと。

若菜の望みなら叶えてあげたいが……。

そこで、あぁ、と心の中で嫌な笑みを浮かべた。

「渡辺ー、ちょっとー！」

教壇から声を張り上げると、千佳がぎょっとした顔でこちらを見た。

由美子が大声を上げたせいで、注目が集まったから余計にだろう。

気まずそうな表情に変わり、一度由美子を強く睨む。

ただ、嘆息しつつも素直にこっちへ寄ってきた。

「なに」

そっけなく言う。さっさと用を済ませてくれ、と言わんばかりだ。

「渡辺、クリスマスイブって予定ある？」

「は？　別にないけれど……」

「はーい、渡辺さんクリスマス会にご参加ー」

由美子が宣言しながら、リストに名前を書き込んでいく。

当然、千佳は「ちょっと」と顔をしかめた。

「ふざけないで。そんなの行くわけ……」

「え、渡辺さん行くの？　めっちゃレアじゃない？」「お、あたし渡辺さんと遊びに行くの初だわ。渡辺さんって何歌うの？」「渡辺さんも声優じゃなかったっけ？　このカラオケ、実はめっちゃレアだったりする？　由美子とデュエットしてくんないかなー」「ゆゆゆゆゆ、夕姫とやすやすが、さ、参加、するなら、ぼ、僕も……！」

千佳が拒否するよりも早く、どやどやと周りが騒ぎ出す。

これは面倒なことになった、と悟った千佳が、キッとこちらを睨みつけてきた。

彼女に顔を近付けながら、由美子は指を差す。

「渡辺がこういう集まり嫌うのは勝手だけど、体験もせずに否定するのは納得いかないんだよね。どうせあんた、一回も行ったことないんでしょう？」

由美子の言葉に、千佳の目がより鋭くなる。

挑戦と受け取ったのかもしれない。

真っ向からこちらの目を見つめ、忌々しそうに言った。

「……一度行って、それでも気持ちが変わらなかったら、あなたには謝ってもらうわよ」

それに対して、由美子は鼻を鳴らす。

どうやら奇妙なことに、今年のクリスマスは千佳と騒ぐことになりそうだ。

来たる十二月二十四日。

クリスマスイブ。

「はーい、クリスマス会に参加の人はわたしについてきてくださーい！」

放課後になった瞬間、若菜が自分の席で元気よく手を挙げる。

参加予定の生徒が仲良く「はーい」と声を上げた。

ぞろぞろと教室から出ていく。楽しそうに話す生徒からは笑みがこぼれていた。

ただ、最後尾を歩く千佳は明らかに顔が暗い。

由美子はさりげなく隣に陣取り、肘で彼女をつつく。

「ちょっと。渡辺があんまり嫌そうにしてると、若菜が気を遣うんだけど。せめて普通にできないの」

「わ、わかってるわよ」

慌てて、千佳は両手で顔をほぐす。

視線に気付いたわけじゃないだろうが、前を歩く若菜が振り向いた。

にこーっと笑いながら、手を振ってくる。由美子も振り返した。

物怖じせずにアピールしてくる若菜に、さすがの千佳も強い態度には出られないようだ。自分を好いている相手は嫌いづらい、というやつだ。

「あぁ……、仕事入ったって言えばよかった」

若菜が前に向き直ると、千佳はため息まじりに言う。

「渡辺が仕事入ったって言ったら、あたしはなるさんに確認するつもりだったけど。連絡先知ってるし」

「ちょっと。人のマネージャーと連絡取るのはやめて。ていうか、なんで連絡先交換しているのよ……、必要ないでしょうに……」

「今度ご飯行くよ」

「ご……、出たわ。あなたのそういうところ、本当に嫌い……」

頭痛に耐えるように頭に手をやる。

まぁ確かに、もし千佳と加賀崎がご飯を食べに行ったら普通に嫌だ。

言葉では説明しにくい、妙な気まずさがある。

絶対にありえないと言い切れるが。

嫌悪感をにじませながら、千佳が悪態をつく。

「あぁ、可哀想な成瀬さん。佐藤みたいな図々しい女に押し切られて、貴重な時間を浪費することになるのね。クレーム先はチョコブラウニーでいいのかしら。御社のタレントが弊社のマネージャーにストレスをかけていいます、どういうことですかって」

「は？　そんなクレーム入れるなんて、あんたモンスター声優？　略してモンセ？　言っとくけど、なるさんはぜひぜひーって嬉しそうだったから」

「あらあら、日頃から社交性があるとアピールしてる佐藤さんには珍しい。猿も木から落ちるってことかしら。釈迦に説法で恐縮なのだけれど、社交辞令って聞いたことない？　あぁ今、ギャルに社交辞令ってことわざができた瞬間かもね。意味は独りよがり」

「こいつ……。覚悟しときなさいよ。酔わせて渡辺の恥ずかしい話全部引き出してくるから」

「ちょっと！　そ、そういうのは、ダメでしょう……」

「ふうん？　なにか聞かれたくない話があるわけね。これは聞き出し甲斐あるなー」

「そうじゃなくて、コンプラ。うっかり成瀬さんに言っちゃいけない話させないでよ」

「あぁ……、そっち……？　あ、はい、そっちは気を付けます……」

そんなやりとりのあと、千佳はため息をこぼす。

げっそりした顔で頭を振ったあと、疲れた声で続けた。

「結局、出席は避けられないのね……。カラオケ……、どこかでおしゃべり、よりはよっぽどいいのだけれど。カラオケ……、ね」

「なに。お姉ちゃんってカラオケ嫌いなの？」

「嫌いというか……、遊びに行くイメージがないのよね。カラオケって、ひとりで歌や演技の練習をする場所、もしくは時間を潰す場所、としか……」

「あぁ……、そうね。あたしもヒトカラ行く回数のが多いもんな……」

おそらく、この場では由美子しか共感できない感情だろう。

ライブ前なんかは、カラオケに入り浸ることもよくある。

仕事と仕事の合間、時間潰しに使うのもちょうどいい。

「まぁ、歌を聴くだけなら気楽なものだけれど」

「…………」

さらりと言う。

……なんとなく予想していたが、彼女はやはり歌う気はないのだろうか。

歌ってくれないのだろうか。

いや、難しいだろうな、とは思いつつも、どうしても期待してしまう。

何なら、リクエストしたいとさえ思う。

えーでも、リクエストできるとしたら、歌ってほしい曲いっぱいあるなぁ……。

「佐藤は歌うんでしょう？」

頭の中でリスト表を作っていたら、顔を覗き込まれて我に返る。

目を逸らしながら、「人並みには」と答えた。

「ふうん」

その声が少しだけ弾んだように聞こえたのは、さすがに気のせいだろうか。

「いえーい！　せんきゅっ！」

「俺たちの歌、聴いてくれたかーい！」

「男子どもうるせー！　終わったら早くマイク渡す！　次だれだっけ？」

「あいあーい、あたしら。盛り上がるぜーい」

次の曲が始まり、女子数人が前方のスペースに移動する。

彼女たちが歌い始めると、マラカスやタンバリンがシャカシャカシャンシャンとそこかしこから響き、わっと賑やかな空気に変わった。

みんなが知っている明るいヒットソングのため、ほかの人もいっしょに歌ったり、身体を揺らす姿が見える。

クラスの過半数が参加しているために人数は多いが、広くて大きいパーティルームなので居心地はよかった。

みんなといっしょに歌ってもいいし、聴いていてもいい、友達としゃべっていてもいい。

明るくて楽しくて賑やか。由美子好みの空気だ。

心がぱぁっと光に照らされる感じがする。

「由美子ー、なんかいっしょに歌おうよー」

「おー、いいよ。なに歌う？」

隣に座った子に言われ、いっしょに端末を見る。

そのとき、ちらりと千佳に目を向けた。

彼女はジュース片手に、若菜と何やら話し込んでいる。

といっても、若菜が一方的に話しかけ、千佳が時折返事しているだけのようだが。

けれど、千佳の表情が歪むことはないし、むしろやわらかいときがある。

若菜は上手くやっているようだ。

若菜がテーブルにある食べ物を勧めれば、勧められるままに食べるし、そのとき表情がぱっと明るくなる。

歌わないにしても、それなりに楽しんでいるじゃないか、と由美子は思う。

「若菜ー！　次、わたしたちだよー！」

「え？　あ、うん、行くー！」

しかし、若菜も千佳につきっきり、というわけにはいかない。みんな若菜と遊びたいのだ。

ひとりぼっちになると、いつも通りの千佳に戻ってしまう。

席に座り、だれとも会話せず、ただスマホをいじっている。

しかし、ここで由美子が隣に座るのはなんだか違う気がする。

千佳だって別に喜ばないだろう。

「ねー、由美子どれ歌う？　何の曲がいい？」

「え？　あ、あー、うん。どれにしよっか」

後ろ髪を引かれつつ、由美子は視線を戻した。


みんなと何曲か歌ったあと、飲み物がなくなったので部屋から出る。

空のコップを持ってドリンクサーバーを見ていると、後ろからぎゅーっと抱き着かれた。

「由美子〜」

若菜が情けない声を上げて、もたれかかってくる。

こちらの肩に顔を乗せ、何やら呻いていた。

「あー、若菜。幹事お疲れ様。いろいろとありがとね」

「それはいいんだけどさ〜、渡辺ちゃんがぜんぜん楽しんでくれないよ〜。笑ってくれないし、話もあんまりしてくれないし……。やっぱつまんないのかなぁ」

「え、あれだいぶ機嫌いいよ。若菜うまくやってんなー、と思ったもん。元々あんまり笑わない奴だし、気にすることないと思うけど」

「え、そうなの？」

「うん」

　さすがだなー、と思って見ていたくらいだ。

　由美子と千佳だったら、とっくの昔にどちらかが苛立った声を上げている。もしくは完全に無言になるか。それに比べたらよっぽど空気が良い。

　それを伝えると、若菜はなぜか嬉しそうに笑った。

「なに？」

「いや、やっぱり専門家に聞くのが一番だなーって思っただけ」

「やめてよ、ぞっとするわ……」

　単にいっしょにいる時間が長いだけだ。

　別に仲がいいわけでもない。むしろ悪い。

　若菜は空のコップを振りながら、サーバーの前でドリンクを選び始めた。

「でもなー、せっかくカラオケに来たんだから、一曲くらい歌ってほしいなー。歌ってよー、って言ってもぜんぜんでさ。渡辺ちゃん、音痴ってわけじゃないよね？」

「め」

　めちゃくちゃ上手い、と言いかけて、慌てて止める。

「主題歌任せられるくらいだから、上手いと思うけど」

「えー、それなら聴きたいなー。ねー、由美子。何とかならない？」

　顔を近付けて、甘えるような目を向けてきた。

彼女の頭をぽんぽんとしながら考える。
若菜が望むのなら何とかしたいが、自分が言ったところで歌うとも思えない。
あの天邪鬼のことだ、むしろ態度が強固になるに違いない。
どうしたものか。

そこで思わずにやりと笑う。
確かに自分は千佳の専門家かもしれない。
彼女が嫌がることなら、すぐに思いつくからだ。

部屋に戻ると、ちょうどいいタイミングだった。
クラスメイトがひとりで歌っていたのだ。この空気ならばやりやすい。
若菜に目配せする。
彼女は頷くと、千佳の隣へと戻っていった。
「あー、あたしも歌うー」
由美子はさりげなさを装い、端末を手に取る。
千佳が若菜と話し込んでいるうちに、さっさと曲を入力した。
順番が回ってくると、聞き馴染みのあるイントロが流れてくる。

曲が流れても、ほかの人はピンときていない。

だが、千佳だけがはっとして顔を上げた。

きょろきょろと周りを見回している。

そこで由美子がマイクを持って立ち上がると、千佳は憎らしそうに顔を歪めた。

どういうつもり、とでも言いたげに睨んでくる。

モニターには、曲名と歌手名が表示されていた。

『きみと指を絡めて　／　鳴宮雪乃（夕暮夕陽）』

かつて夕暮夕陽がメインキャストを務めたテレビアニメ、『指先を見つめて』の主題歌だ。

「あ、この曲なんかで聴いたことある」「アニメの曲っしょ？　姉ちゃんが観てたわ」「由美子がこういうの歌うの珍しいね」「ていうか、夕暮夕陽って渡辺さんのことじゃなかった？」「嘘、これ渡辺さんの曲？」「えー、なんかすごい」「ゆ、夕姫の曲をやすやすがカバー……！　こ、これは激レアだぁ！」そんなクラスメイトの声が聞こえてくる。

クラスメイトを巻き込んで申し訳ないな、と思いつつも、丁寧に歌い上げた。

この曲は聴き込んでいるうえに、ヒトカラではよく歌っている。

自分で言うのもなんだが、完成度は高いはずだ。

何なら、夕暮夕陽に寄せて歌った。

当然、千佳は面白くないだろう。

凄まじい目力でこちらを睨みつけている。

その眼光の鋭さといったら、周りの人が千佳を見てから、思わず目を逸らすほどだ。

だが、それすら今は心地よい。声に熱を込めて歌った。

そこですかさず、若菜が千佳に端末を手渡す。

そうなれば、彼女の行動なんて決まっている。

千佳から視線を外して、きっちり夕暮夕陽の曲を歌い上げた。

「由美子やっぱり上手いねー、歌のレッスンとかしてるの？」「声も綺麗だよねー、声優さんって感じ！」「声変えてなかった？　すげーよなー」「えー、もっと歌ってよー」

ありがたいことに拍手までもらえる。

どーもどーも、なんて笑っていると、次の曲のイントロが始まった。

黒いオーラを纏いながら、ゆらりと立ち上がるのは千佳だ。

そして、モニターには曲名と歌手名が表示される。

『二千分のイチの花びら　／　マリーゴールド（歌種やすみ）』

予想通り、千佳も張り合って由美子の曲を選択してきた。

プラスチックガールズで演じた、マリーゴールドのキャラソンである。

「お、渡辺さんじゃん」「渡辺さん初めてだね～」「あれ、歌種やすみって由美子の芸名じゃなかった？　今度は由美子の曲を渡辺さんが歌うってこと？」「番組企画みたーい！」「なんかすごくね？」「あ、あぁ！　や、やすやすの曲を夕姫がカバーなんて！　あわわ！」「木村うるせーぞ！」

そんな声が聞こえてくるも、千佳は意に介さない。

ただ由美子に挑戦的な目を向けてくる。

そうして、彼女はマイクを口に持っていった。

………………………………。

……いや、上手いな。

うっかりすれば聴き惚れそうだ。

というか、ひとりだったら確実に目を瞑って聴き入っていた。何なら、この歌欲しいんだけど……。人のキャラソンをここまで上手く歌うんじゃないよ。

周りも千佳の歌声に聴き入っていた。

普段、ほとんどしゃべらないクラスメイトが、ここまでの歌唱力を見せつけてくれば、そりゃ惹き込まれる。

千佳は歌い終えると、皮肉げな顔でふん、と鼻を鳴らした。

茶番は終わり。そうとでも言いたげにマイクを手放そうとする。

しかしその瞬間、周りのクラスメイトがわっと声を上げた。

「渡辺さんめっちゃ上手いじゃん！」「すごかったよー！　なんで今まで歌わなかったの？」

「ほかの曲も聴きたーい！」「ちょっと由美子！　由美子と渡辺さんでデュエットしてよ！」

「それめっちゃいい！　ちょっと渡辺さん！　由美子！　来て来て！」

　そんなふうに盛り上がっている。

　千佳は戸惑い、とにかくマイクを置こうとした。

　しかし、にこにこ顔の若菜にそっと背中を押される。

　仕方なく、由美子もマイクを回収して前に出て行った。

「ちょ、ちょっと。何とかしてよ」

　そばに来た千佳が困り顔でそう言う。

　当然、そんな要求は飲まない。

　強引に千佳と肩を組んで、マイクを掲げた。

「よーし！　リクエストあるなら言いな！　今日だけ何でも歌うから！」

「ちょっと！　勝手なことを……」

　由美子の宣言に周りが沸き立つ。

　千佳は声に怒りをにじませ、由美子の腕から逃れようとした。

　けれど、周りが曲名を次々と挙げてくる。

　さすがにここまで盛り上がってしまうと、下手に引き下がるのも面倒だろう。

　結局、盛り上がるままにリクエストに応え、途中からみんなといっしょにたっぷりと歌った。

キリのいいところで、部屋からそっと抜け出す。

由美子と千佳が散々煽ったせいで、部屋の中の熱量は高い。

ドリンクサーバーに空のコップを持っていくと、そこに千佳の姿があった。

サーバー近くにベンチチェアがあり、そこに腰かけて休んでいる。

「あぁ……、佐藤」

さすがに疲れたのか、さっきの行為に文句を言う気配もない。

由美子は隣にすとんと腰を下ろした。

千佳はこちらを一瞥したが、特に何も言ってこない。

由美子は部屋の方を見ながら、ぽつりと呟いた。

「盛り上がってたじゃん。あんたも結構歌ってたしさ。あんなふうにワイワイ歌うのって、ひとりではできないでしょ。悪くなかったんじゃない？」

千佳は軽く息を吐く。

コップの中を覗くようにしながら、微笑みを浮かべた。

やわらかな口調でこう続ける。

「……そうね。食わず嫌いで、こういうものに今まで参加しなかったけれど。実際に来てみたら、悪くはない体験だったわ。あなたにはお礼を言わないとね――」

顔を上げて、こちらに笑顔を見せる。

その笑顔はとっても綺麗で、見惚れるような輝きを放っていた。

思わず、見つめ返してしまう。

まるで、声優・夕暮夕陽が見せるような――完全メディア向けの笑顔だ。

案の定、彼女の笑みはバカにしたようなものに変わった。

はん、と鼻を鳴らす。

「……とでも言えば、物語としては美しいんでしょうけど。生憎ながら、わたしはひとりの方が合っていると再認識したわ。騒げば楽しい、と思っているあなたには理解できないでしょうけど、静かな空気が好ましい人間もいるってこと。だからほら、謝りなさいな」

「…………………………」

饒舌に文句を連ねる千佳に閉口する。

なんと可愛げのない女だ。

……いや、本当か？　本当に楽しんでなかったか？　傍から見たら、結構なノリノリ具合だったぞ？

そうは思うものの、言ったところで認めないだろうし、負け惜しみになりかねない。

「へーへー、そうですか。それは悪ぅございましたね。すんませんした」

「ちょっと。もっと心を込めて言いなさいな」

「ごめんなさい。あたしが間違ってました。許してください」

「んふ」

「嬉しそうな顔するんじゃないよ……、これくらいで……」

はぁ、とため息を漏らす。

なんだか自分だけが一方的に損した気がする……、と疲れていると、千佳がさらりと言った。

「あぁでも川岸さんには楽しんでいた、って伝えておいて。まぁ確かに悪くはなかったわ」

「ちょっと！　それズルじゃん！　人に謝らせておいてから言うなよ！　悪質！　契約に反する！」

「何を言っているかわからないわ」

「こいつ……」

再びため息が漏れる。

同調したわけではないだろうが、千佳も息を吐いた。

「まるきり嘘ってわけじゃないわよ。実際、大人数で騒ぐのは疲れたもの。これからも好んで参加しようとは思わないわ」

「あぁそうですか……」

返事をするのも疲れる。

さっさと会話を切り上げて、部屋に戻ろうとしたときだった。

千佳が自然に――、本当にごく自然に、ぽつりと言った。

「川岸さんには悪いけれど。これなら、あなたとふたりの方が気楽でいいわ」

そんな、ことを言ったのだ。

思わず、千佳の顔をまじまじと見る。

彼女は前を向いてジュースをこくこくと飲んでいた。

訂正する様子も、何かの冗談のようでもない。

ただただ素直に、「みんなといるよりは、由美子とふたりの方がいい」と言っているのだ。

「…………」

え、なに急に。

なんでそんなこと言うの。

戸惑って何も言えないでいると、千佳が不可解そうな顔をした。

「どうしたのよ、急に。黙り込んで」

「いや……、だって。なんか、変なこと、言うから」

「変なこと？　…………………………あ」

ようやく、自分が何を言ったか思い出したらしい。

考えて言った言葉ではないようで、自分で自分の発言に動揺していた。

「いや、これは、そういう意味、じゃ……。そうじゃ、なくて……」

顔は急激に赤くなり、耳まで一気に染まっていった。

頭が回らないのか、否定の言葉も続かない。言葉尻も弱くなっていく。

そんな姿を見せられている、こっちも十分に顔が熱い。

互いに顔を赤くして、目を逸らしていた。

なんだこれ……。なんでこんな照れる羽目に……。

「……恥ずかしい、ついでに、言うけれど」

弱々しい声の彼女を見ると、赤面したまま口元を隠している。

こっちを決して見ないまま、さらに驚くべきことを言った。

「このあと、時間、ある……？」


「はいはーい、このあとご飯に行く人はこっちに集まってねー！」

カラオケの利用時間が終わり、今は店の前で若菜が手を挙げている。

辺りはすっかり日が暮れて、晩ご飯の時間にはちょうどいい。

二次会に行く人は若菜についていき、それ以外の人はそのまま解散だ。

何人かが別れの挨拶をしながら離れる中、そっと若菜に近付いた。

「若菜」

「あ、由美子！　由美子もご飯行くでしょ？」

「それなんだけど……」

若菜の耳元に口を持っていき、ごにょごにょと事情を話す。

すると、若菜の目が驚きに見開き、にまにまとした笑みに変わった。

「いやいや、由美子さんさすがですなぁ。隅に置けないというか。ぐふふふふ」

「変な笑い方しない。若菜が思ってるようなことじゃないって。あぁそれと。渡辺、楽しかったって。若菜に伝えておいて、って言われた」

先ほどの言伝をそのまま渡す。

若菜は鳩が豆鉄砲を喰らったような顔になり、しばらくそのままで固まっていた。

やがて穏やかな微笑みに変わり、嬉しそうにこぼす。

「そっかぁ。よかったぁ」

「自分で伝えろって話なんだけどね。そういうとこ、生粋の根暗女っていうか……」

「ううん、いいよ。今はこれで。いつか、直接言ってもらえるといいなぁ」

にこにこしている若菜を見ていると、こちらまで微笑ましい気持ちになってくる。

「若菜ー！」

「あ、ごめん、由美子。そろそろ行くね。そっちはそっちで楽しんできて」

「ん。楽しめないとは思うけど。若菜、今日は本当にありがとね。元気出たよ。これでまた頑張れそう」

由美子の言葉に、若菜はさらに笑みを深める。

元気に手を振ってから、クラスメイトの元へ駆け寄っていった。

「さて……」

彼女たちとは別方向に顔を向けた。そのまま歩き出す。

街はクリスマス一色だ。

浮きたった空気に満たされ、表情はだれもが明るい。

カラフルなイルミネーションがぴかぴかと輝き、夜が彩られていた。

店の前ではサンタコスチュームの店員さんが声を上げ、そのそばを若い男女が歩いていく。

しばらく歩くと、大きな噴水が目に入った。

ライトアップされ、舞い上がった水飛沫がきらきら光っている。

その前に佇む、小柄な人物に軽く手を挙げた。

「ん」

「……ん」

噴水の光の中にいる千佳が、遠慮がちにちょっとだけ手を持ち上げた。

先ほどのことを引きずっているのか、顔がわずかに赤い。

普段と変わらないはずなのに、きらきらした光を纏っているせいか、やけに彼女が綺麗に見えた。

夕暮夕陽の姿だったら、間違いなく見惚れていただろう。

「ちょっと歩きましょう」

千佳が大きな通りを指差す。

断る理由もないので、ふたり並んで歩き出した。

この通りは一際明るく、様々な光で照らされている。

煌びやかなイルミネーションが数多く飾られ、その輝きに目を惹かれた。

ほかの通行人も同じように、空を見上げて、「きれー」と嬉しそうだ。

「綺麗ね……」

イルミネーションに目を奪われながら、千佳が珍しく素直に言う。

由美子も同じ気持ちだったので、何も言わずにいっしょに眺めた。

写真撮っておこうかな……、と考え、あ、と声が漏れる。

「そうだ。写真撮ろう。ツイッターにあげる用に」

由美子がスマホを持ち上げると、千佳が嫌そうに顔をしかめた。

「ふたりで？　もう仲良しアピールする必要なんてないじゃない」

「でもほら。女性声優のクリスマス予定を詮索する奴らもいるから」

「以前ならともかく、今のわたしたちのクリスマスに興味はないと思うけれど」

そうは言いつつも、千佳も自分のスマホを取り出している。

綺麗なイルミネーションを背景に、ふたりでスマホを構えた。

顔と顔とをぺったりくっつけ、ふたりして百点満点の笑みを浮かべる。

素をさらけ出したあとでも、顔はきちんと作るようにしているのだ。

「ね。あのふたり見てよ。かわいー」

「ほんとだ。あんなに顔くっつけて、仲良しなんだなぁ」

「…………………」

若いカップルが由美子たちを見て、そう囁くのが聞こえた。

そっと顔を離す。

「……前から思っていたのだけれど、声優同士の写真って距離が独特よね。くっつくのが当たり前、みたいな」

「そうね……、声優じゃない人と写真撮るとき、たまに距離感を間違えてびっくりされるわ……」

気まずくなりながら、ぼそぼそ呟く。

気を取り直すようにおほん、と千佳が咳ばらいをした。

黙って歩き出すので、それに従う。

しばらく黙々と歩き続けていると、千佳が静かに口を開いた。

「ファントムの話だけれど」

周りの喧騒に呑まれそうな声で、そっと言う。

由美子は緊張を自覚しながら、それでも黙って続きを待った。

「わたしの父は監督で、わたしは娘で声優。だけど、その立場は交わらない。あくまで仕事とプライベートで、別々の立場。普段なら娘としての立場を使うことなんて、こんな話をするなんて、絶対にない」

空を見上げながら、千佳はぽつりぽつりと続ける。

「だから、これはここだけの話で。こんな話をするのも一回きり」

彼女は足を止める。

髪に隠れた目が、こちらを見上げていた。

「あなたが望むなら。父に――監督に、時間を作ってもらうよう頼んでみる。演技で躓いているなら、父に話を聞くのは絶対に参考になる。きっと力になってくれるわ」

「渡辺……」

千佳のまっすぐな目に、吸い込まれそうになる。

声は身体に染み渡っていくようだった。

彼女の性格から考えれば、娘の立場を使って監督を他人に会わせるなんて、絶対にやりたくないはずだ。

もし頼みでもすれば、すぐさま軽蔑と嫌悪の目で睨まれるだろう。

けれど、自分の意志を曲げてまで、監督に話をつけてもいい、と言ってくれている。

普段の千佳を知っていれば、その心遣いはとても心にくるものがあるのだが——。

「……ごめん、渡辺。神代監督にはもう話聞きに行ったんだ。杉下さんにも相談したし」

「は⁉ ……え、あ、ちょ、ちょっと待って。え、お父さんって今結構忙しいんだけど……？

会いたいからって会える人ではないんだけど……？」

「まぁそこは伝手を使って」

「伝手を使って⁉」

目を白黒させていた千佳が、はっきりと顔を歪める。

ちっ、という大きな舌打ちのあと、忌々しく吐き捨てた。

「出たわ……！　あなたのそういうところ、本当に嫌い……っ！　『コーユーカンケーがドーノ』とかわけのわからないこと言い出すんでしょう……⁉」

「…………」

苛立ちをあらわにしながら、唇を噛みしめている。

千佳としては思い切って言ったことだろうし、珍しく完全な善意であるために、こちらからは何も言いづらい。

気まずく目を逸らしていると、千佳は「あぁもう！」と持っていた鞄をあさり始めた。

そこから袋を取り出し、ずいっと突き出してくる。

「じゃあ今度はこれ！　あなたに！」

「えっ………………」

絶句する。

彼女が差し出したのは、小ぶりの手提げ袋。

凄まじい混乱の渦に叩き込まれた。

今日はクリスマスイブ。

プレゼントを贈るのは、おかしなことではない。

けれど、まさか、まさか千佳がこんなものを用意しているなんて……。

「え、ま、待って。あたし、何も用意してない……」

「わかってるわ。見返りが欲しいわけじゃないから。いいから、受け取りなさいな」

ん、とさらに突き出される。

おずおずと受け取った。

袋は小ぶりだが、結構重い。ハンカチがかけられていて、中身はわからなかった。

「あの……、ありがと……」

「あら、意外ね。あなたが素直にお礼を言うなんて、初めてじゃない？」

「だって、それは……」

千佳は憎まれ口を叩くが、言い返す気にはなれない。

ドキドキしながら、彼女に問いかけた。

「ねぇ……、中、見ていい？」

「どうぞ」

かけられたハンカチをそっと取り、中を覗き込む。

そこにあるのは、ハードカバーくらいの大きさのケースが三つほど。

背面に何やらタイトルが書かれている。

なんだか、メカメカしいデザインだ。

ていうか、メカだ。ロボだ。……アニメのブルーレイだ。

「…………えっと？　これは？」

「神代アニメのブルーレイボックス！『幻影機兵ファントム』に近い世界観、深い人間ドラマが描かれている三作品を選んできたわ！　絶対に参考になるから！　貸すから、冬休み中にじっくりと観なさい！」

「あ、あー……、そういう……、なるほど……。あー、うん、確かにこれは参考になるわ……、ありがと……」

……いや、うん。おかしいと思ったのだ。

千佳がクリスマスプレゼントを用意しているなんて。

彼女は今日がイブだなんて、欠片も意識していない。

単に参考になるブルーレイを貸してくれただけだ。

早とちりして何か言う前でよかった、と心から思う。

思わぬ展開に驚き慄きはしたが、彼女の心遣いは純粋にありがたい。

「――前も同じことを言ったけれど神代アニメはメカだけではないの人間ドラマが本当に素晴らしい特にひとりひとりに悩みや葛藤が強くあってほかのキャラクターたちの関係とともにそれらが強調されることが多くてその深みといったら本当にすごくてロボットアニメに興味がない人でも神代アニメに惹かれるのはそういう面が強いからというのは否定できないわもちろん原点である――」

……ちょっとうるさいけど。

他作品を観て理解を深める、というのは由美子にない発想だ。

千佳が参考になる、と言うのだからきっとそうなのだろう。

それに、千佳がきちんとラインを守っているのが嬉しかった。

もし、彼女が「あなたの演技はね」と演技について指摘してきたら、きっと猛反発する。

それは越えてはいけないラインだ。

触れてはいけない部分だ。

互いが互いを意識しているからこそ、踏み込んではならない領域。

そのラインを守りながらも、彼女は力になろうとしてくれる。

でも、それを意識するのも、感謝を口にするのも照れくさいから。

ほかの人の言葉を借りることにした。

「……アニメは、ひとりで作ってるんじゃないもんな」

「なに？　佐藤、何か言った？」

「なんでも。それより渡辺、いいもの食べさせてあげようか」

「いいもの？」

「パンケーキ」

「！」

彼女の表情がぱぁっと明るくなる。

しかし、あからさまに顔に出たのが恥ずかしくなったのか、不自然な咳ばらいをし始めた。

「ん、んん……。ぱ、パンケーキね……。ま、まぁ佐藤が食べたいなら、いいんじゃないかしら……。付き合うのもやぶさかではないわ」

にやつく口元を手で隠している。相変わらず、ごまかすのが下手だ。

随分前に一度、千佳がパンケーキの専門店に行ったことがない、という話が挙がった。

ひとりで並ぶ度胸もないし、いっしょに並ぶ友達もいないだろう、と。

たまにはサービスしてあげてもいい。

「どこがいいかなー。この近くだと……」

「さ、佐藤。わたしは別になんでもいいのだけれど、あれがいいんじゃないかと思うわ。生クリームがいっぱい乗ってて、キャラメルとかアイスとか盛ってある……」

「ええい、やかましいうえに近い」

スマホで調べていると、千佳が画面を覗くためにぐいぐい迫ってくる。

何とか条件に見合う店を調べ、そちらへ歩き出した。

ただ、ふたりでクリスマス色の街を歩くのは気恥ずかしい。

いつもの空気にしたくて、憎まれ口を叩いた。

「今から行く店、前に行ったことあるけどめっちゃ並んだよ。二、三時間並ぶかも。その間、あたしとふたりだけど平気？　あたしはたぶん無理」

「正直耐えられる状況ではないわね。絶対息苦しいわ。わたしが窒息しそうになったら、さっと離れてくれる？」

「は？　別にいいけど、渡辺ひとりで並ぶわけ？　ひとりで並ぶの似合いすぎて、背景と同化しちゃうでしょ。抜かされ続けて一生店に入れないよ」

「出たわ。あなたのそういうところ、本当に嫌い。いいから黙ってスマホをイジってなさいな。静かにスマホを見ている分には我慢してあげるから」

「言われなくてもそうするけど？　あんたと話すくらいなら、充電切れててもスマホ見ていた方が楽しいし。画面真っ暗でも根暗見ているよりはマシだわ」

「その前に、佐藤みたいな人種は充電切れたら発狂するでしょう？　繋がりが繋がりが！　話題に置いていかれちゃう！　って。人間関係を摂取しすぎて中毒者になっているもの」

「あんたはスマホ中毒者だけどね。普段、スマホとしか目が合わないじゃん」

「他人事のように言わないでくれる？　あなたたちだって、ひとりになったらスマホしか見ないくせに」

「ちゃんと人と話す時間も長いから。渡辺みたいに、スマホが友達の人と同じにしないでほしいんだけど？」

「ふうん？　むしろ滑稽だけれど。普段はピーチクパーチク騒がしいくせに、ひとりになると急に真顔でスマホを触り始める落差、急降下すぎて笑っちゃうのよね」

「あんたはいつもひとりだから、テンション常に這いつくばってるもんね。横一線。心電図だったら死んでるやつ」

「そういうあなたは血管切れないか心配だわ。甲高い声でキャーって騒いで、異様なテンションで笑っているもの。心臓に悪いわよ、あれ。血管ぷちーんってなりそう」

「あのねぇ、言っておくけど——」

喧々と言い合いをしながら、イブの夜は過ぎていく。

そんなクリスマスから、数日が経って。

「──よし」

準備を終えた由美子は、自分の部屋で気合を入れた。

これから年明け一発目、由美子にとって二回目の『幻影機兵ファントム』の収録がある。

やれることはやった。

やるだけのことはやった。

普段、由美子は初めての現場には制服で向かう。休日でもだ。

印象に残りやすいから、という理由からだが、今回は別の理由で制服に着替えた。

前回は、実力不足でまともな収録ができなかった。

今回、認められる初めての収録にするんだ。

「あ、由美子～。ちょっと待って待って」

玄関で靴を履いていると、母親に呼び止められる。

「なあに、ママ」

「はい、とにかく笑顔笑顔。ね？」

彼女はにこにこしながら、こちらの頬に指を当て、むにむにと上に動かす。

母に向かってにこっと笑うと、彼女は満足そうに頷いた。

「かわいいかわいい。大丈夫、胸張って行っておいで。由美子、あれだけ頑張ってたんだもの～、きっと上手くいくわ。ママが保証する！　由美子はほんっとーによく頑張った！」

「……うん、ありがと。ママ」

「逆にあれだけ努力してダメだったら声優向いてないわよ」

「ママ？」

激励だか何だかわからないものを受け取ってから、スタジオに向かう。

その道中で、何度かスマホが震えた。

アドバイスをもらった先輩声優たちから、励ましのメッセージが届く。

それをスマホといっしょに握りしめ、しっかりとした足取りでスタジオを目指した。

歩きながらも、頭の中はシラユリのことでいっぱいだ。

彼女のことを想いながら歩く。

「――――――――」

「由美子！」

呼び止められてはっとする。

振り返ると、そこにはおかしな表情の加賀崎が立っていた。

年末進行を乗り越えた加賀崎は、普段のエネルギッシュな状態に戻っている。

今日も、わざわざ現場に駆けつけてくれた。

しかし、彼女は心配そうな顔でサングラスを外している。

「由美子。スタジオはここだぞ。どこ行くんだ」

「……あれ」

加賀崎はスタジオの前に立っており、由美子はすっかり通り過ぎていた。

うっかりしていた、と慌てて彼女の元に駆け寄る。

「ちょっと考え事してた」

「……まぁいい」

由美子が照れ笑いを浮かべると、加賀崎は嘆息まじりに言う。

そして、こちらの肩をぽんぽんと叩いた。

「行くか。お前の頑張りを見せるときだ。りんごちゃんはちゃんと見守ってるから」

「うん。ありがとう」

力強く頷く。

加賀崎がいてくれるのなら心強い。

ともにスタジオ入りしたあと、お互いの挨拶のために別れる。

スタッフに挨拶したあとは、ブースに入って声優陣に声を掛けた。

「大野さん、おはようございます。今日もよろしくお願いします」

「はい、よろしくー」

長椅子に座っている大野に頭を下げる。

彼女は以前と同じく、挨拶は軽い。

だが、こちらを見た。

その瞬間、身体が強張る。前回のアフレコで怒られたことが頭をよぎる。

加賀崎には「緊張するな」と言われているのに、硬直しそうになった。

手に『人』という文字を書く代わりに、今までやってきたこと、加賀崎や母、たくさんの人に言われたことを思い出し、何とか落ち着く。

大野から離れ、今度は森に声を掛けた。

「森さん、おはようございます。今日もよろしくお願いします」

「――――」

彼女はゆっくりと顔を上げた。

森に挨拶したことは三度あるが、どれも「よろしく」とそっけなく言われて終わりだった。

今回もそうだと思っていたのに、彼女は何も言わない。

何を考えているかわからない瞳で、じっとこちらを見つめている。

なんとなく視線を外せず、しばらくふたりで見つめ合った。

綺麗な人だ。近くで見ても、年齢を全く感じさせない。

いつからか、時間が経つことさえ忘れてしまったかのよう。

さらさらの髪も、いつまでも綺麗な肌も、はっとするような美しい顔立ちも、そして何よりもその声も。

「……あなた」

「は、はい？」

声を掛けられ、我に返る。

彼女から何かを言うなんて初めてのことだ。

ドキドキしながら次の言葉を待っていたのに、結局返ってきたのはいつもの「よろしく」だった。

拍子抜けしたが、今、何かを言われて意識するよりはいいかもしれない。

そこでようやく、千佳を見る。

彼女とは挨拶をせず、互いの目を見るだけだった。


収録が始まる。

自分の出番が近付けば近付くほど、嫌になるくらい心臓が痛む。

どれだけ追い払っても、前回の醜態が頭に浮かぶ。足が震えそうだ。

それらを飲み込み、自分の出番をただ待つ。

シラユリの出番がいよいよ近付き、マイクの前でほかの声優と交代するタイミングがやってきた。

そのとき、調整室にいる加賀崎。

マイクの前で演じる千佳を交互に見る。

今までやってきた練習を、積み重ねを、途方もなく深く考えていた彼女——シラユリのことを心の中に思い描く。

自分の中にシラユリを降ろせ、と加賀崎は言った。

今まではそれの準備期間だ。

さぁ行くぞ、と台本を握りしめたとき——、
かちり、と——、
自分の中で——、
何かが——、切り替わっ————。

「————」

演じ終える。

シーンが終わった。

由美子の出番が終わり、ほかの演者の出番も終わり、ブース内が沈黙で満たされる。

判決を待つ罪人のような気持ちで、音響監督からの言葉を待つ。

心臓の痛みに耐えながら、汗ばんだ手をぎゅっと握った。

「……OKです。次のシーンお願いします」

その声を聞いた瞬間、ほーっと息を吐いてしまった。

そのまま崩れ落ちそうになる。

よかった……。

「歌種さん、気を抜かないでくださいね。まだ始まったばかりですから」

「あ、す、すみませんっ」

杉下から注意されて、慌てて謝る。

しかし、どうやら冗談だったらしく、ブース内は笑いに包まれていた。

ほかの声優に「よかったねぇ」なんて肩を叩かれ、由美子もようやく笑うことができた。


そして、収録は無事に終わった。

深く深く息を吐く。

結局、一発で通ったのは最初の一回くらいで、あとは何度かリテイクを出した。ほかの声優に比べて、とてもスマートに進んだとは言い難い。

ただ、それでも前回とは比べものにならない。居残りだってなしだ。

躓きながらも、上手くいった、と思える。

その証拠に、「お疲れ様でした」という挨拶のあと、ほかの声優に労いの言葉をもらった。

「いやー、頑張ったねー！　随分よくなったよ。安心した」

「ほんとほんと。この短期間で仕上げたねえ。頑張ったんだねえ」

「前回みたいなリテイク地獄だったらどうしよう、と思ってたけど。いやぁよかったよかった。お疲れ様！」

そう言ってもらえるのは本当に嬉しかった。

お礼を言っていると、ブースの扉が開く。

「歌種さん」

と杉下までこちらにやってきた。

眼鏡の位置を直しながら、微笑みを見せる。

だが、彼から出た言葉は純粋な労わりではなかった。

「よく頑張りました。良い演技になっていましたよ。見違えました。ただ……」

「た、ただ？」

「ここで満足しないでください。あなたは、もっとできるはずです。もう一段階、上にいけるはず。私たちが求める演技は、そこにあります」

「もう一段階——」

杉下の言葉を聞いた途端、頭の中がどんどん澄み渡る気がした。

それが白く染まるのを感じながら、由美子は口を開く。

「まだ——、まだ、壁があるってことですか」

「はい。今回で及第点には届きました。ですが、完璧には程遠い。あなたはもっと上に踏み込まなければならない。私たちはそれに期待しているんです。今度は、壁を越えることを目標にしてください」

「————————」

自分の演技が完璧だとは思わない。

けれど、彼の言い分はそういうものではなく、まだ届いていない領域があることを示唆している。

そこに手が届く、と信じている。

現状でもめいっぱいやったつもりだが、現時点でまだ進める先がある。

いったいそれはどうやって——。

「まぁまぁ。今回は上手くいったんだから、いいじゃない」

考え込んだ由美子を見て、先輩声優が苦笑いした。

杉下もそれに頷く。

そのまま調整室に戻ろうとしたので、慌てて呼び止めた。

今はそれを考えている場合ではなく、ほかにやることがある。

「あのっ、杉下さん。できるなら、前回分を録り直しさせてもらえませんか」

杉下はゆっくりと振り返る。

黙ってこちらを見つめるので、思ったままを口にした。

「前回はぜんぜん上手くいきませんでした。ダメダメでした。納得できる出来でも、してもらえる出来でもないです。でも、今ならもっと上手くやれます。シラユリをもっと表現できます。できるなら、録り直ししたいんです」

「――いいでしょう」

杉下は薄く笑みを浮かべる。

こちらの勝手な言い分にも関わらず、あっさりと了承してくれた。

もしかしたら、杉下もそう提案するつもりだったのかもしれない。

彼はそれ以上何も言わず、早速調整室に戻っていった。

「――そういうことなら、わたしも残ります。主人公がいっしょに演じた方が、いい演技になるでしょうし」

そんな声が聞こえ、声の方に目を向ける。

千佳が澄ました顔でこちらを見ていた。

「渡辺……」

「お？　夕暮さんも残っていくの？　じゃあ俺もやっていこっかな。将来ある若き声優のためにさ。たまには先輩面しよっと。聞きたいことあったら聞いてくれていいぞ？」

「ほー？　じゃあわたしも先輩らしいところ見せよっかな。わたしもやっていくよ。みんなで良いもの作ろっか」

「みなさん……」

何人かの先輩声優がそう言ってくれて、ブース内がにわかに騒がしくなる。

「お疲れ様でした」

「お疲れ様でーす」

しかし当然、普通に帰る声優たちもいる。

森や大野は特に何も言わず、そのまま帰ってしまった。

それを寂しく思わないでもないが、とにかく今はやることがある。

慌ただしく準備を始めるスタッフ、ほかの声優の視線から逃れて、由美子はマイクの前に立った。

隣には千佳がいる。

「……………」

特に言葉を交わすことはない。

視線すら合わさない。ふたりともモニターに目を向けていた。
けれど、だれも見ていないときに。
小さく、本当に小さく、目を合わせないままに拳を合わせた。

NOW ON AIR!! 第39回

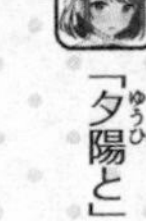

「夕陽と」

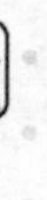

「やすみのー」

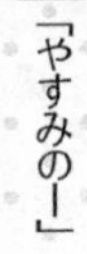

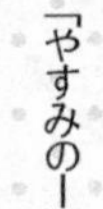

「「コ、コ、コーコーセー、ラジ……、え？
ラジオ！」」

「……おはようございます、夕暮夕陽です」

「……おはようございます。歌種やすみです。ちょっと。ズレすぎ。びっくりしたわ。正月休み挟んだだけでこんなにズレる？　元々わずかだった協調性が完全に枯渇した？」

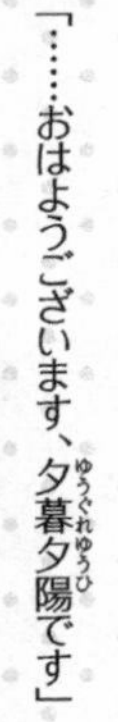

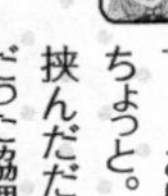

「は？　先走ったのはあなたでしょうに。あなたはいつも人のせいにして楽でいいわね。あたし悪くない！　こいつがこいつが！　って声を張ってる姿、最高に情けないわよ」

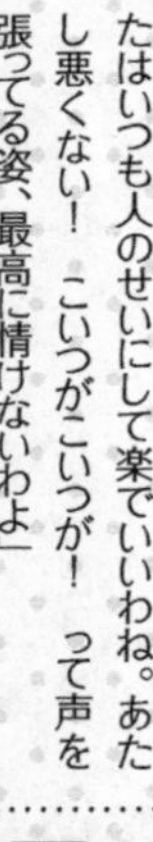

「あ？　言っとくけどね！　……え、なに朝加ちゃん。あ。あけましておめでとうございます」

「ここで言うんですか……？　あけましておめでとうございます」

「あー、今ので何言おうとしたか忘れちゃった……。えーと。年明けの話する？　えー、年明けのラジオと言えば、ふつおたで『今年の抱負はなんですか』っていう質問が定番だけど」

「そうね。ここにもメールあるし。ただ、こんなダラダラしたラジオで今年の抱負を聞かれても、って感じよね」

「ね。ちゃんとしたのがあったら別の場所で言うよ。だからもういい？　朝加ちゃんも声優の抱負聞きすぎてうんざりしてるでしょ？」

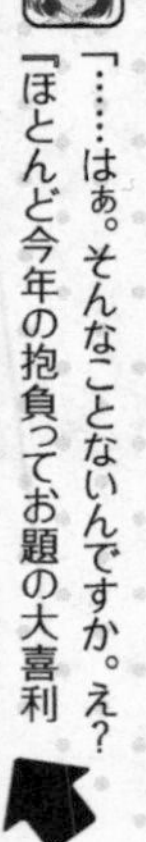

「……はぁ。そんなことないんですか。え？　『ほとんど今年の抱負ってお題の大喜利

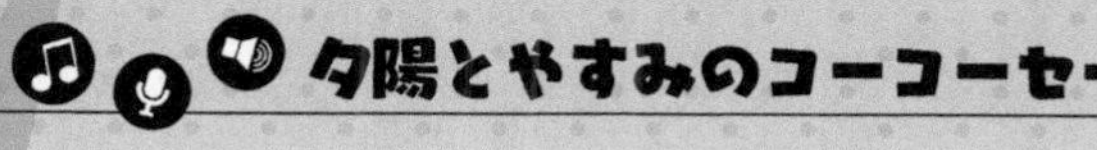

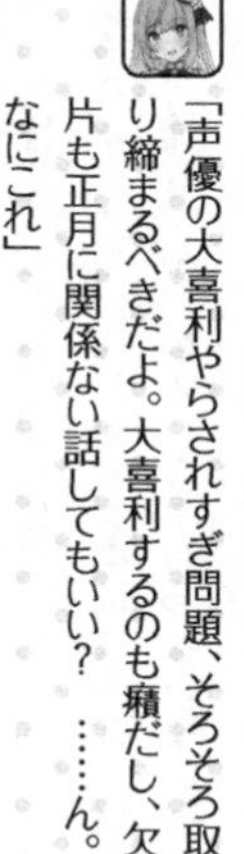

だから楽しいよ』？　なるほど」

「声優の大喜利やらされすぎ問題、そろそろ取り締まるべきだよ。大喜利するのも癪だし、欠片も正月に関係ない話してもいい？　……ん。なにこれ」

「メール？　えー、ラジオネーム、〝とろろしゃけこんぶ〟さん。『新年一発目のラジオと言えば、今年の抱負を言うのが定番ですが、天邪鬼なおふたりはなんとかスルーしそうですよね（笑）』……」

「人の行動を読むんじゃないよ。八方塞がりにするのやめてくれる？」

「……どうする？　もう、抱負を言っても言わなくても喜ばれそうだけど」

「なんだろうね、この敗北感は……。あー、まぁ言っておくか。あたしはねー、とりあえず次のラジオ合同イベントを精一杯やろうと思います」

「今年っていうか、一月の抱負ね。わたしの抱負もそれでお願いします」

「はい。次のイベントを頑張りたいっていうのは本当だから。やる気満々だから。ガチでやるけど、みんな引かないでね」

「同じ事務所の先輩とか、同じユニットの先輩とか関係ないので。わたしの前に立ち塞がったら全員張り倒します。桜並木さんや柚日咲さんのファンに怒られるくらいの勢いでいくわ」

「それはちょっと……、怖いな……。あたしらのファン、守ってくれるかな……」

to be continued……

今日は新年一発目のラジオ収録。

収録前の打ち合わせのために、由美子は会議室で待機していた。

広い会議室にひとり。椅子に腰かけ、腕を組んでうんうんと唸る。

「うーん……」

椅子にもたれながら、身体をぐらぐら揺らした。

「うーん……」

目を瞑ったまま、背もたれに思い切り身体を預ける。

頭だけが背もたれからはみだして、こてん、と後ろにひっくり返った。

長い髪が逆さになるのを感じながら、さらにうんうんと唸る。

「なにしてるの」

血が上ってきたあたりで、声が聞こえた。

目を開けると、さかさまの世界に千佳が立っている。

呆れた目でこちらを見下ろしていた。

真後ろに立っているため、目の前に千佳の胸が見える。

「……お姉ちゃん、相変わらずおっぱいないなぁ」

「…………」

頭に血が上っているせいか、正直な感想がぽろりとこぼれる。

途端、千佳の目が恐ろしいほどの眼光を携えた。

こちらの頭を両手で挟む。

そのまま力を込められた。

「あだだだだだ！　ごめん、ごめんって！」

ぎゅーっと人の頭を圧迫してくる千佳に、繰り返し謝る。

何回目かの謝罪で彼女は力を緩め、ついでに頭の位置も戻してくれた。

「それで、なにをさっきから唸っていたの。ファントムのこと――ではないか。そうだったら、あなた顔に出るし。あぁわかった、出演した作品がめたくそに叩かれたのね。大丈夫、あなたに罪はないわ」

「勝手に架空の作品燃やしてフォロー入れるのやめてくれる？」

千佳が隣に座ったので、スマホを彼女に向ける。

カレンダーを呼び出し、その日をとんとんと指差した。

「今度、イベントあるじゃん。乙女姉さんとめくるちゃんとのラジオ合同イベント」

「あぁ、そうね。びっくりするほど何やるかわからないイベント」

「うん。そのイベントでめくるちゃんと会うじゃん？　前に言った、お礼をこのときにしたくて。でもまだ何をするか思いついてなくてさぁ。なんか良いのない？」

「あぁ……、その話。そうね……」

千佳は考え込んだあと、手ぶりで箱の形を作った。

「お菓子の詰め合わせを渡すとか。あ、わたしあれ好き。小さいチーズケーキのやつ」

「あんたの好みは知らんけど。いや、何も思いつかなかったら、そうするけどさ……。会社員の営業先っぽくならない？　『これ、前のお礼です』って言いながら、おっきい箱渡してたら」

「もしくは、ライブやイベントの差し入れみたいになるわね」

確かにそれは何か違うかも、と千佳も思ったのか、さらに深く考え込む。

「……柚日咲さんにお礼、なわけでしょ。カラオケに行って、わたしたちがリクエストされるままに歌う、っていうのは？」

「……なるほど？」

前のカラオケを思い出したのか、そんな意見が出てくる。

めくるは、歌種やすみと夕暮夕陽のガチガチのファンだ。

もしかしたら、これ以上ないほどのお礼になるかもしれない。

「……渡辺、めくるちゃんに言ってくれる？　『この前のお礼に、わたしたちあなたのために歌います！』って」

「………………。それは、プライベートで言うとたぶん羞恥で死ぬわね」

間違いなく喜ばれるだろうが、それを自分から言えるほどハートは強くない。

「あ、ならあれは？　料理。ご飯作るの。家まで行くのは迷惑だから、お弁当を渡すとかで」

「いや……、それは、」

あんただったらいいんだろうけど、と言いかけて飲み込む。

千佳は何度も由美子のご飯を食べていて、普段の食生活は壊滅的。

なのに食い意地が張っている。

そんな彼女にお弁当を渡したら、きっと喜ぶと思う。

けれど、普通はいきなり、『お弁当作ってきました！』と渡されても困るだろう。

めくるの好みも知らないし、そもそも手作りが大丈夫かわからない。

「大丈夫よ。わたしもいっしょに作るから」

「何が大丈夫なのかぜんぜんわからん。それは本当にいらない」

ふたりで作るとしたら、たぶん手間が十倍くらいになる。

手を振ってみせると、千佳は眉根を寄せた。

「さっきから佐藤、否定ばかりじゃない。人に訊いておいて否定しかしないなんて、嫌われる人の典型ね。あなたたち、人から嫌われることを死より恐れる種族でしょう？　早く持ち味を発揮して安っぽい相槌を繰り返しなさいよ」

「はぁ？　自分が正しいと思って譲らない人間だって、嫌われる典型だけど？　相槌すら打てないトリッキーな意見で場を乱して、気持ちよくなるのやめてくれる？　そういうとこだぞ」

「それはあなたの処理能力の問題でしょう？　髪の毛を巻くのに夢中で、脳を回すことを忘れてしまった悲しきケモノ。涙を禁じ得ないわ」

「こいつ……。渡辺がマシな意見出せば、あたしだって否定しないっつーの。まぁね、あんたみたいな友達いない倶楽部会員プラチナクラスは、人に贈り物なんてしないもんね」

「は？　物を贈る行為がそんなに偉大なこと？　毎月毎月、他人の誕生日を気にしながら、カレンダーを見る日々はさぞかし楽しいんでしょうね。義理で送って義理で喜ぶ生活、あぁ素晴らしいわ。絶対やりたくない」

「早口やめてくれますー？　劣等感の味付け濃すぎて胸焼け起こすわ」

「言葉どおりなのに無暗に深読みしないでくれる？　毎回テストは国語捨てる人？」

「渡辺は祝ってもらえる喜びや、誕プレを選ぶワクワク感を知らない、知ろうともしないってだけでしょ。あんたは一生ひとりで、『今日は誕生日だから自分へのプレゼント★』をやってればいいわ」

「あなたこそ、わけのわからない柄の靴下渡されて、『やーん、かーわーいーいー』なんて言いながら、くねくねする誕生日を一生送ればいいわ」

お互いを睨みながら言い合っていると、扉が開いた。

「お待たせー、打ち合わせやろっか」

朝加だ。

ふたりの口喧嘩は日常茶飯事なので、特に触れようとしなかった。

台本を各自の前に置いて、由美子の向かいに座る。

千佳とのやりとりにイライラしてしょうがないので、朝加に話を振った。

「ねぇ、朝加ちゃん。人からお礼でもらえるなら、何が一番嬉しい？」

「タフな肉体」

「人からっつってんでしょ。ここ、切実な願いを言う場じゃないから。んー、後輩とかにもらうなら、何がいい？　物じゃなくてもいいよ」

「えー？　どうだろ……。欲しいものは自分で買うからねぇ……。あーでも、あれが一番嬉しかったかな。やすみちゃんたちが部屋の掃除やってくれたり、ご飯作ってくれたの」

「…………」

いやあれは……。朝加の部屋が地獄だから成立するのであって……。

朝加といい、千佳といい、自分の周りには生活がダメな人間しかいないのだろうか……。

結局、めくるへのお礼は保留となり、打ち合わせに移行する。

特に問題なく打ち合わせは進み、いつもどおりに終わりそうだった。

そのとき、朝加がついでのように口を開く。

「あ、例のラジオ合同イベントは三番組で対決する、って形になる予定だから。よろしくね」

「へぇ、対決？　どんなことやるの？」

「……それはまだ、決まってないけど」

朝加はごにょごにょと答える。

それでは、ほとんど決まってないようなものだ。

由美子と千佳がジト目で朝加を見つめていると、彼女は取り繕うような笑みを浮かべた。

「あ、で、でも。優勝した番組が何をもらえるかは、もう決まってるから」

どうやら、賞品があるらしい。

ちょっとだけ期待していると、朝加の口からそれが伝えられる。

それを聞いた途端、由美子たちははっとして顔を見合わせた。


「乙女姉さんがいると露骨にハコがでかくなるな……」

来たるラジオ合同イベント当日。

イベントに使われる会場を見上げ、由美子は呟く。

今日のイベントは三つのラジオ番組、『夕陽とやすみのコーコーセーラジオ！』『柚日咲めくるのくるくるメリーゴーランド』『桜並木乙女のまるでお花見するように』による合同イベントである。

以前、今の由美子たちのキャラを定着させるため、露出を多くする策を加賀崎たちが取った。

もうキャラの強調はやめているが、このイベントはその名残だ。

ゆえに、多忙な乙女も参加している。

会場が大きいのは、桜並木乙女がいるからに他ならない。

裏口から入り、スタッフたちに挨拶をしてから楽屋まで進む。

そのまま楽屋の扉を開け――仰天した。

何せ、とんでもなく可愛らしい子が座っていたからだ。

透き通った大きな瞳、つんとして形のいい鼻、桜色のかわいい唇。それらを引き立たせる、上品に整えられたメイク。肌なんて、うっとりするほど綺麗だ。

小さくてきゅっとした身体を包むのは、だぼっとして大きめのタートルネック。黒のスキニーパンツを半分ほど隠しているのが、可愛らしさに拍車をかける。

小さく編み込んだ髪がまたオシャレだった。

美少女だ。美少女がいる。

「おはよう」

「……おはよう」

その美少女――千佳と挨拶を交わす。

今の千佳は、人前に出る用の夕暮夕陽の姿だ。

以前までは着飾った彼女を見るたび、あまりの美少女オーラに声を失っていた。

しかし、何度も繰り返しているうちにさすがに慣れた。

その愛らしさに慄くものの、動揺は隠し通せている。

ごく自然に楽屋の中に入ると、千佳が怪訝そうに声を上げた。

「……なに。なんだかあなた、動きがギクシャクしてるけれど」

「え、嘘。いや、してない。してないから」

その指摘に動揺しつつ、適当な椅子に腰かける。

楽屋は広い。

テーブルはいくつも置いてあり、椅子の数も多い。鏡台もずらりと並んでいる。

そこに扉を開けて、入ってくる声優がひとり。

「あ、おはよう。めくるちゃん」

「柚日咲さん、おはようございます」

「……………」

入室した柚日咲めくるは、こちらの挨拶に応じない。

はぁ、と嫌そうにため息を吐く。

そのまま黙って離れた席に座るので、由美子はするりと隣に腰かけた。

「ちょっとちょっと。そんなに塩対応しなくていいじゃん。せっかくの合同イベントなんだから、仲良くしようよぉ」

「うるさい。寄るな。仲良くするのはステージ上だけで十分でしょ。ただでさえ、あんたらの尻拭いキャンペーンに巻き込まれて腹立ってるってのに」

「えー？　でも、おかげで乙女姉さんと仕事できるんだし、それは嬉しいでしょ？」

「関係ないから。仕事だから。そういう私情は挟まないから。言うまでもないけど、あんたらと仕事できて嬉しいってこともないからね。いいから、かまうな」

「そんなこと言わないでさー」

嫌そうに身体を離すめくるにベタベタしようとしたが、そこではっとする。

自分の思惑を思い出し、席を離れた。

「え、あ……。ど、どうしたの、いきなり。え、わたしそんなに気に障ること言った……？」

意外にも、めくるは不安そうな顔になる。

おろおろし始める彼女に状況を説明した。

「めくるちゃん。今日、あたしたちとめくるちゃんは敵同士だから。慣れ合うべきじゃないんだよね」

「は…………？」

困惑するめくるに、千佳が説明を引き継ぐ。

「今日、わたしとやすは優勝を目指していますので。容赦なく本気で行きますから、そのつもりでいてください」

千佳がぎらぎらした目でめくるを射貫く。

しかし、それでもめくるの表情は晴れない。眉をひそめながら、首を傾げた。

「はぁ……、好きにすればいいと思うけど。なに、優勝したら事務所が今までの行いを赦してくれるとか？」

「いや、そんな特典はないけど……、え？　やっぱ許されてないのかな、あたしら……」

思わぬ返答に動揺したが、おほんと咳ばらい。

由美子は指をぴんと立てて、力強い声で続ける。

「めくるちゃん。イベントで優勝した番組がなにもらえるか、聞いてる？」

「あー……、そうね。教えてもらったけど」

「わたしたちは、それが欲しいんです。あの賞品を絶対に手に入れたい」

同じく力強く言う千佳。

めくるの表情がますます困惑に染まる。

「そうなの……？　あれは実家暮らしの高校生が一番必要ないように感じるけど……。まぁ好きにすれば？」

そっけなく言い放ち、めくるは手をひらひらさせる。

彼女は頬杖を突いて、興味がなさそうにしていた。

「ん」

しかし、何か思い立ったようで、ぱっと顔を上げる。

「あんたら、そんなにあの賞品が欲しいわけ？」

「うん。すごく欲しい。絶対獲るつもりだから」

「はい。とても不本意ですが、今回ばかりはやすと協力するつもりです」

「ふうん？」

ふたりの意気込みを聞くと、めくるは腕を組んで目を細める。

まるで品定めするような目をこちらに向けた。

意地悪な笑みまで浮かべる。

「わたしはイベントが盛り上がれば、ほかはどうでもいいと思っていたけど。あんたらがそこまでこだわってるなら……、優勝を邪魔したくなってくるわ」

挑発的なめくるの言葉に、空気がぴりっとしたものに変わる。

千佳はめくると同じように目を細めた。

そこから鋭い眼光が漏れている。

めくるは笑みを浮かべたまま、皮肉げに鼻を鳴らした。

「あんたらには散々苦汁を舐めさせられたから。あんたらの悔しそうな顔は、何よりの優勝賞品かもしれない。あぁ、ちょっと乗ってきたわ。楽しいイベントになりそうね」

以前のめくるがよく見せていた、嘲るような表情。

そこまで言われると、こちらも黙っていられない。

ぱちりと心に火が灯る。

それは千佳も同じようで、不敵な笑みを浮かべた。真正面からめくるを見据える。

「――ええ、どうか全力できてください。そうやって意気込んだくせに、結局負けて羞恥と悔しさで歪む柚日咲さんの顔、副賞としては上等です」

「うん。めくるちゃんって調子づいて失敗するタイプでしょ。でかい口叩くのはいいけど、後悔しないうちに大人しくしといた方がいいんじゃない？」

「吠えるねぇ、ガキども。あんたらそれ全部ブーメランだよ。まー、そうね。わたしが優勝して、あんたたちがどうしてもって頭下げるなら、賞品を譲ってあげてもいいけど？　心から頭を下げるならね」

三人揃ってバチバチとした視線を交わしていると、そこに全く似つかわしくない人物が姿を現した。

可愛らしくて明るい声が楽屋に響く。

「おはよー。やすみちゃん、夕陽ちゃん、めくるちゃん！　今日はよろしくね！」

「――はい、よろしくお願いします、桜並木さん」

天然のぺかーっとした笑顔の桜並木乙女。

瞬時ににっこりと微笑み返すめくる。

めくるの切り替えの早さには、呆れを通り越して感心してしまった。

「みなさーん、こんにちはー！　『桜並木乙女のまるでお花見するように』パーソナリティ、桜並木乙女ですー！」

　ワァァァァァァァァァ――！　さくちゃーん！　こんにちはー！　かわいいー！　ギャー！

「はーい、みなさん、くるくるー！　『柚日咲めぐるのくるくるメリーゴーランド』パーソナリティ、柚日咲めぐるでーす！」

　ワァァァァー！　くるくるー！　くるくるー！　めぐるーん！　かわいー！

「はーい、『夕陽とやすみのコーコーセーラジオ！』パーソナリティ、歌種やすみでーす」

「同じく、『夕陽とやすみのコーコーセーラジオ！』パーソナリティ、夕暮夕陽です」

　ワァー！　夕姫ー！　やすやすー！

「ちょっと。露骨に歓声を減らすんじゃないよ。なに、乙女姉さんに歓声上げてた連中は今帰ったの？　気遣いという言葉をご存じない？」

　ワァァァァァー！　やすやすー！　かわいいー！　ギャー！

「ありがとありがと。信じてたぞー」

「はーい、やすみちゃーん。お客さんに歓声を強要しないでくださいねー」

　めぐるの言葉に場内が笑いで包まれる。

三番組からなるラジオ合同イベントは、こんなふうに始まった。

ステージから見る客席は随分と広く感じるが、隅々までしっかり埋まっている。

その多くが乙女、めぐる目当てだろうが、由美子の言葉にもちゃんと笑ってくれた。

ステージ上には四人。

服装は全員、番組が用意した体操服っぽい衣装だ。

ステージ袖にはスタッフや作家、ディレクターたちが待機している。

時折、こちらにカンペを出したり、進行の指示をくれたりしていた。

「えー、それでは！　今回のイベントの説明をしていきますねー」

マイクを持っためぐるが進行していく。

めぐるは圧倒的に場の回しが上手い。

ごくごく自然に進行役を任されていた。

「今回、わたしたち三番組が様々なゲームで対決していきます！　そのゲームごとに点数をつけてもらい、その合計点数で順位が決まります。そして、最もポイントが高い番組には！　なんと！　豪華賞品が贈呈されます！　その賞品とは！」

めぐるが大きな動作で、後ろにあるスクリーンに手を向けた。

ばん、という効果音とともに画像が表示される。

『高級焼肉店〝重々宴〟お食事券　十万円分』

「なんとー！　あの重々宴のお食事券でーす！　これは普通に欲しい！　嬉しい！　イロモノじゃなくてよかった！」

「わー、重々宴はすごいねー！」と手をパチパチさせる乙女、

「絶対欲しい！　絶対取ります！　焼肉食べたーい！」と腕を振り上げる由美子、

「うちです。うちがもらいます」と何度もコクコク頷く千佳。

「えぇと……、なんだかコーコーセーラジオの熱量たっかいですね……。まぁ彼女たち学生は食べ盛りでしょうしね……、それで、えー、やすみちゃんうるせー！　今、進行がしゃべってるでしょうが！」

めくるの声に、会場からどっと笑いが起きた。

とぼけたやりとりのたびに笑ってもらえる。

こういうイベントのお客さんは元々笑いの沸点が低いが、それを差し引いても良い空気だ。

この空気を最後まで維持できれば、観客もキャストも満足度の高いイベントになるだろう。

しかし、今回はそれで満足するわけにはいかない。

狙うは優勝だ。

千佳に顔を向けると、彼女もこちらを見ていた。

互いに頷き合う。

「それでは、最初の対決！　『ドキドキ☆愛の告白シチュエーション大・作・戦☆』！　……

ネーミングだっさ。あー、ごめんなさいごめんなさい。説明しますね」

めくるは台本を見ながら進めていく。

「わたしたち四人はクジを引き、そこに書かれた告白セリフを披露します。可愛く！　ときめくような！　愛の告白です！　その評価に応じてポイントがもらえます。審査はディレクターの大出さんがしてくれるそうです」

めくるが説明している間、スタッフが速やかに抽選箱をテーブルへ乗せ、風のように去っていった。

「点数は最高が10点！　ひとりひとり披露していきますが、コーコーセーラジオはどちらかひとりですね！　順番は――……、じゃんけんだそうです！　今からじゃんけんします！」

じゃんけんの結果、乙女、めくる、コーコーセーラジオの順に決まった。

最初に選ばれた乙女は、おずおずと抽選箱からクジを取り出す。

クジを開いて、うう、と困った顔になった。

自信がなさそうに、ステージの前へそろそろ出て行く。

「あ、あの――……、わたし、あんまりこういうの得意じゃなくて――……、期待しないでほしいんですけど……」

マイクを通しているものの、声はぼそぼそと小さい。

頬は赤く染まり、眉も下がっていた。

どうやら本当に苦手なようだ。

「それでは、どうぞ！」

めくるの声が響いた。

乙女は赤い顔で、ううー、と紙を見つめている。

しかし、意を決したように顔を上げると、たどたどしく言った。

「『わ、わたし……、こんなにも、人のことを好きになったのは、は、初めてです……。だ、大好きです！　あなたの彼女にしてください！』……は、恥ずかしい～！　ちょっと、ごめんなさい、本当に無理です……！　わー！　もー！　もー！」

彼女は心から恥ずかしそうにセリフを言ったあと、真っ赤になって顔を背けてしまった。

その瞬間に爆発的な歓声が起きる。

それを見ながら、ステージの端でぼそぼそと話す三人。

「姉さんの怖いところは、あれを天然でやるところなんだよね」

「そうね。さくちゃんがいなきゃ、わたしも計算であんな感じにやるんだけど」

「今、柚日咲さんが同じことをやっても霞みますね……、というか、今からわたしたち全員、何やっても記憶に残らないのでは？」

照れながらも歓声に応える乙女を見て、ただただ戦慄する。

しかし、折を見てめくるがマイクを持ち上げた。

「はい！　ありがとうございました！　いやー、さすが乙女ちゃん！　わたしもすっごくきゅんきゅんしちゃった！　さ、点数の方はどうでしょうか！　ディレクターさーん！」

めくるが袖に問いかけると、ドラムロールが鳴り響いた。

効果音とともに、後ろのスクリーンに点数が表示される。

『10点』

「ちょっと待って」

歓声に呑まれながらも、由美子が手とマイクを挙げる。

そこから大声を張り上げた。

「いやいやいや！　大出さんおかしいでしょ！　こういうのは普通、最初は基準点にするもんでしょ⁉　最初から満点出してどうすんの⁉　こういう企画初めての素人さんですか⁉」

「はい、やすみちゃんから抗議の声が上がっています。いやでも、これ本当そうですよ。ディレクターさんがいろいろ理解してないですよ、これは。え、なんですか？　『でも可愛かったから』？　あの人ただのお客さんなの？」

そんなことをやいやい言いつつ。

イベントは進んでいく。

「『せんぱーい。先輩って、わたしのことどう思ってるんですか～？　わたし？　わたしはね――……、どう思います？　えへへ、大好きですよっ』」

非常にあざとく、可愛らしく言うめくるに観客が沸く。

めくるに視線を固定したまま、由美子は千佳の耳元に顔を寄せた。

「お姉ちゃん。あたしらってどっちかしか出られないじゃん。お姉ちゃんいってくれない？」

「わたしが？　……かまわないけど、理由は？」

「あたしとめくるちゃんだと、たぶん系統が同じになっちゃう。点数もそんなに変わらないと思うんだ。可もなく不可もない点数よりは、渡辺にかましてもらった方がチャンスありそうじゃない？」

「……なるほどね。そういうことなら、わたしがいきましょう」

作戦会議が終わったあたりで、めくるの『8点』という数字が発表され、次へ移っていく。

「はい、次はコーコーセーラジオです！　どちらが出るか決まってます？」

「わたしがやります」

「お、夕陽ちゃんの挑戦だそうです！　これは楽しみですねー！」

宣言どおり、千佳は抽選箱からクジを引く。

そのクジを持って、威風堂々とステージの前に立った。

「それでは、どうぞ！」

めくるが言った瞬間、千佳は前を見据える。

きりっとした表情でマイクを持ち上げた。

そして、その鈴のような声で――。

「……たは、……ので、……は……、あ……、です。……で、…………ますっ」

「ちょっと待って」

手とマイクを掲げる。

再び、由美子が前に出る羽目になった。

「なに!?　ぜんっぜん聞こえなかったけど!?　なんて!?　マイク通して聞こえないってどういうこと!?　企画を理解してない奴がここにもいたわ！」

指を差しながら出て行く。

すると、千佳が耳まで赤くして、顔を手で隠していた。

逃げようとするので捕まえ、彼女の手を無理やり引き剝がす。

涙まで浮かべた、悔しそうな顔が出てきた。

さらに羞恥に染まった声を上げる。

「し、仕方ないでしょう!?　こういうのは初めてやるのよ！　こんなにも照れくさいものだなんて知らなかった！　あなた、こんな恥ずかしいものをわたしに押し付けたのね!?」

「あんたがここまでできないとわかってたら、あたしがやったっつーの！　その照れるパターンもう乙女姉さんがやってんの！　かぶってるうえに何も言えないって、逆にすごいわ！　最低得点狙ってやってるでしょ、これ！」

ステージの真ん中でわちゃわちゃしていると、それが収まらないうちに点数が発表される。

『5点』

「ほらー！　もー！　5点て！　姉さんにダブルスコアなんですけど！」

「やかましいわね、キャンキャンと！　むしろ5点は確保できたのよ！　あなたは最低得点なんて言っていたけれど、ぜんぜんそんなことないじゃない！　虚偽申告！」

「あれは点数に差をつけすぎると緊張感が出ない、って大出さんが今更企画を考慮した結果！　あんたの功績じゃないから！　事実上の最低だわあんなん！」

「出たわ！　あなたのそういうところ、本当に嫌い……！　ちょっとすみません、やすにもやらせてくれませんか。これだけ偉そうに言う女が、どこまでやれるか見たいんですが」

「おー！　いいよ、やってやるよ！　みなさーん！　目に物見せていいですかー！」

由美子の煽りに、お客さんが歓声を上げた。

さっさとクジを引き、書いてあったセリフを元気よく可愛らしく読み上げる。

「『ねぇねぇ、君ってわたしのこと好きなの？　好きなんでしょ？　わかるよ、だってわたしもだもん！　君のこと、だーいすき！』」

きらきらした表情とそれに合わせた動きをつけ、明るく披露する。

すると、客席から「やっちゃんだー！」という声が聞こえてきた。

その瞬間、千佳が早口で指摘してくる。

「はいズルー。ズルでーす。この人キャラ作ってました、今やっちゃんでやってました。ズルです。それがありなら、わたしだってユウちゃんでやってたわ」

「は？　ズルじゃないですー、工夫ですー。ていうか、キャラ作ったらダメっていう理由が一個もありませんー。自分が思いつかなかったからって、人の工夫にケチつけるとかとんだクレーマーだわ。モンセモンセ！　……あ、モンセっていうのはモンスター声優の略です」

「それを言うならあなただって……！」

いつもの言い争いに発展する。

埒が明かないと判断したのか、めくるはさっさとマイクを口に近付けた。

「はーい、ふたりともー。次いくよー。ていうか、コーコーセーラジオは優勝狙ってるんだよね？　本当に？　大丈夫？」

「お次は！　『どっちがドッチ!?　ドッチボール対決！』……タイトル、だっさ！　え、これ考えたの作家さん？　こんなにネーミングセンス終わってましたっけ？　え？　そこだけディレクターが差し替えた？　余計なことしかしないな、あの人！」

しっかりとコメントを残しつつ、めくるは進行を続ける。

「えーっと、今回はチーム戦です！　二チームに分かれてドッチボール対決を行い、残ったチームにポイントが入ります！　チーム分けは、わたし柚日咲めぐると桜並木乙女ちゃん！　そして、コーコーセーコンビです！」

めぐるが説明している間に、スタッフが小型の防球ネットを置いていく。

ラインはあらかじめ引いてあったので、あとは内野と外野に分かれるだけだ。

どっちが外野に行くか。

めぐるたちはもう決まったらしく、乙女が外野に向かっていった。

千佳に相談しようと近付くと、彼女の目が前に釘付けになっている。

「…………」

めぐるだ。

内野に残ったためぐるが、千佳に挑発的な表情を向けている。

さらに人差し指をクイクイ、と動かしてみせた。

明らかに誘っている。客側からは見えないように。

あからさまな挑発に、千佳の眉がぴくりと動いた。

「……佐藤」

「わーかった。あたしが外野に行くから」

目をぎらつかせ、めぐるから視線を外さない千佳に「外野へ行け」とは言いづらい。

あれだけ闘志を見せているのだ、きっと活躍してくれるだろう。

マイクパフォーマンスを求め、スタッフが千佳とめくるにマイクを手渡す。

千佳は早速、めくるに指差して宣言した。

「この勝負、わたしたちがもらいます。わたしたちは高校生です。体力差で大きなアドバンテージがあります。負ける理由がないです」

「おお？　なんだなんだ、若さアピール？　十代からすれば、二十代はもうババアって？　それは許せないぞー」

めくるは若干戸惑ったあと、キレの悪いコメントを返した。

彼女の困惑も無理はない。

年齢いじりは（一部では）定番といえば定番だが、そのネタに持っていくにはさすがに年齢差がなさすぎないか。

そんな由美子の心配をよそに、千佳は首を振って続ける。

「違います。わたしたちは日頃から運動していますから、その体力差です。学校で週に三回、無理やり体操服を着せられ、強制的に運動させられているんです。信じられますか」

「……体育の授業のこと？　よくそこまで悪く言えるね……」

「ですが、これが効いています。果たしておふたりは普段、運動をしているでしょうか。『適度に運動しないとなぁ』とぼやく大人はたくさん見てきましたが、実際にしている人を見たことがありません」

「う」

めくるが気まずそうに胸を押さえる。

千佳が客席を見ると、お客さんも決まりが悪そうに目を逸らした。

しかし、めくるは虚勢を張るように声を上げる。

「で、でもわたしだって、ライブの練習とかで運動はしてるよ！」

「それはライブ前だけでしょう。ライブの練習とかで運動はしてないでしょう。必要だからしているだけで、普段は運動とは無縁ではないですか？　多忙な桜並木さんもプライベートで運動はしてないでしょう。この前、『プロフィールの趣味欄、散歩って消した方がいいかなぁ……』ってぼやいてました」

「ゆ、夕陽ちゃんバラさないでぇ！」

外野にいる乙女の抗議を流しながら、千佳は続ける。

「わたしたちは普段、体育の授業を受けているんですよ。この体力差は大きい。何なら、おふたりの体力が切れるまで粘ってから、ゆっくりと仕留めることだってできるんです」

「ぐ……、そ、そんなことをすればイベントが押すでしょう……」

「押さないイベントなんて存在しません」

「うぐ……」

めくるが顔を歪めたのを見て興が乗ったのか、千佳は無駄に反復横跳びまで始める。

だが、めくるを圧倒していた。

千佳の言うことはまるきり的外れでもない。体力差はある。

　これはいけるのではないか。

　由美子が期待に胸を膨らませていると、いよいよ試合開始のブザーが鳴る。

　先攻は乙女・めくるチーム。

　めくるがボールを強く掴み、険しい表情で千佳を見つめた。

「確かに、体力では夕陽ちゃんたちが有利かもしれない……。だけど、その差が出る前に仕留める！」

　めくるは気合を入れてボールを投げるが、球威はそれほどなかった。

　ほどほどな山なりで、千佳に向かって飛んでいく。

　めくるはそれほど運動が得意ではないらしい。

　これは本当にあっさりいけるのではないか。

　千佳も同じことを感じたようで、不敵な笑みを浮かべ、その場に構えた。

　そして、飛んでくるボールをしっかりと待ち構え――、

「ぶばっ！」

　――顔面に直撃した。

　その場でずてーん、と見事にひっくり返る。

「あぁ……、そうだった……。あいつ運動ダメだったんだ……」

由美子は顔を覆って嘆く。

体育のバスケでも同じことをやっていた。彼女は基本的にどんくさい。

にも関わらず大言壮語なものだから、うっかり忘れていた。

あぁ、こっちの負けだ……、と由美子はうなだれたが、そうはならなかった。

「――やすっ！　顔面はセーフっ！」

そんな声が聞こえた。

顔を上げると、千佳の顔面で跳ね返ったボールが高く浮かび上がり、こちらにふわふわと飛んできている。

「！　ユウ、ナイス！」

めくるはぎょっとしてラインから離れるが、それよりもこちらの方が早い。

思い切り助走をつけて高く跳び上がる。

身体がふわりと浮かび、空中でボールをがっちり摑んだ。

そのまま、慌てて後退するめくるに向かって、全力で投げつける。

「おらぁっ！」

勢いを纏ったボールはめくるに向かって急降下し、見事に直撃した。

「顔面キャッチも掛け声も、なんて声優らしからぬ……っ！」

呻きながら、めくるはその場ですっ転ぶ。

直後、ビーッ！　という効果音が聞こえて、スクリーンに『勝者　コーコーセーラジオ！』と表示された。

思わず、千佳の元に駆け寄ると、同じように彼女もこちらに走ってきていた。

「ユウ！」

「やす！」

お互いに勢いよく手を振り、パンッ！　と合わせる。小気味いい音が響いた。

その様子に、客席から「おー……」とどよめきが起こる。

そんな中、床に転がったままのめくるが悔しそうに、

「違うー……、いがみ合うふたりが通じる瞬間は、絶対ここじゃないぃー……、ドッヂボールじゃないぃー……、違うところで見たかったよおー……！」

と呻いたのだが、だれの耳にも届かなかった。


ドッヂボール後も様々なゲームが行われた。

由美子たちが全身全霊で挑むこともあって、異常に白熱した戦いになる。

勝った負けたを繰り返し、どの番組が優勝かわからないほどの接戦となった。

その状態で結果発表に移っていく。

「というわけで！　すべてのゲームが終了しました！　今から結果発表となります！　果たして、優勝賞品はだれのものになるのでしょうか！」

ステージ前方に四人で並び、端にいるめくるがマイクを通して叫ぶ。

結果は背後のスクリーンに表示される予定だ。

ドラムロールが鳴り始める。

点数は微妙だ。

しかし、どうにか、どうにか優勝したい。お食事券が欲しい。

ただひたすらに願っていると、めくるが挑発的な目つきを向けてきた。

『これはわたしがもらったんじゃない？』

そんな顔をしてくるものだから、由美子はイーッと顔を突き出す。

めくるは由美子たちの優勝を阻止するために、それはもう本気で挑んできた。

純然たる嫌がらせ。もしくは異様な負けず嫌い。

賞品云々を抜きにしても、めくるには負けたくない。

お願い！　名前を呼ばれて！

そう願った瞬間、ドラムロールが鳴り終わり、スクリーンに名前が表示された。

果たして、めくるか、コーコーセーラジオか――！

『優勝者　桜並木乙女！』

「「「えぇぇぇぇぇぇぇぇぇ――――！」」」

「あ、やったー」

思わず、三人揃って頓狂な声を上げてしまう。

こちらの思いを知らない乙女は、無邪気に喜んでいた。

た、確かに各々の点数にそれほど差はなかったけれど……。

鬼気迫りながら争った由美子たちと違い、彼女はごく普通に頑張っていた。

乙女には悪いが、意気込んでいただけに拍子抜けする結末だ。

「そ、それでは乙女ちゃん！　ステージの中央にどうぞ！」

そう言いつつ、めくるたち三人はステージの端に寄っていく。

真ん中にはスタッフがおり、そこでお食事券の入った封筒が贈呈される。

中央に向かった乙女を見ながら、めくるがこちらに顔を寄せてきた。

「……お互い、残念な結果ね。にしてもあんたら、本当に全力だったから驚いたわ。こっちまで熱くなっちゃったし。で？　なんでそこまでして、お食事券が欲しかったの。ただ焼肉が食べたかった、ってわけじゃないでしょ？」

スタッフから封筒を渡されると、乙女は客席に笑顔を向けた。拍手が返ってくる。

もう隠す意味もない。

喜びのコメントを述べる乙女に目を向けたまま、由美子は白状する。

「……めくるちゃんにお礼したかったんだよ。お世話になったからさ。どうすればめくるちゃんが喜ぶかな、と考えてたんだけど――、乙女姉さんとご飯を食べに行くのはどうかな、と思って」

「は？」

「表情」

何言ってんだこいつ、という顔になっためくるに注意する。

めくるは慌てて笑顔になり、視線も乙女に戻した。

言葉を繋げたのは千佳だ。

「柚日咲さんは桜並木さんのファンでしょう。桜並木さんとの食事は、きっとこれ以上ないほどの思い出になるはず。だから、あのお食事券を使って、この四人で焼肉に行くつもりだったんです」

「それで優勝を狙ってたって？　バカじゃないの。誘われても行くわけないでしょ。何度も言ってるけど、わたしはほかの声優と慣れ合うつもりはないんだから」

呆れ果てた、と言わんばかりにめくるは息を吐く。

それに由美子が答えた。

「知ってる。だから、優勝したかったんだ。普通に誘っても来ないだろうけど、この場で『このお食事券は四人の打ち上げに使います！』ってお客さんに宣言すれば、どう？　行かざるを得ないでしょ。自分の番組で『行きました』って報告するまでが一セットになる」

再びめくるはこちらの顔を見て、驚きの表情を浮かべる。

何かを言いかけて息を呑んだ。

げんなりしながら、両腕を擦る。

ただそれも一瞬のことで、さっさと表情を取り繕っていた。

「…………。こっわ。外堀から埋めてかかってたのかよ。このがきんちょどもは……」

はぁー、と大きく息を吐く。

それからわざとらしい笑顔を作って、ぞっとするほどかわいい声で続けた。

「それなら、邪魔した甲斐はあったってことね。そんな茶番に付き合わされるのはごめんだから。あぁよかったわ。あんたらもしょうもないこと考えてないで、さっさと忘れな。感謝されても迷惑なだけだから」

「…………」

彼女なら、きっとそう言うと思っていた。

しかし、素のめくるとしてなら、乙女との食事は絶対に嬉しいはず。

そして事情を知る由美子たちだからこそ、このような話に持っていける。

だから、このチャンスはものにしたかった。

こんな機会はもうないだろうなぁ……、とうなだれつつ、一生懸命頑張っていた乙女を見やる。

乙女のきらきらした笑顔を見ていると、めくるがふっと笑った。

「ま、これが一番いい結果よ。お客さんはさくちゃんが目立つのが一番嬉しいし、わたしもあんたらの思惑から逃れられてハッピー、あんたらも礼なんてもう忘れればハッピー。これが一番——」

「では、もらったお食事券は四人の打ち上げに使いたいと思いまーす！」

乙女が封筒を掲げて、嬉しそうにそう宣言していた。

調子よく話していためくるの動きが、ぴたりと止まる。

由美子は千佳と顔を見合わせていた。

「やったー！　姉さん、最高ー！　大好きー！」

「————————は？」

由美子が両腕を振り上げるのと、めくるから空虚な声が漏れるのは同時だった。

NOW ON AIR!! 第41回

「先日のラジオ合同イベント、お疲れ様でした。来てくれたみなさん、どうもありがとう」

「ありがとうございました。感想メールもたくさん来てるから、いっぱい読んでくねー。えー、ラジオネーム、〝取りやすい鶏肉〟さん。『夕姫、やすやす、おはようございます！』」

「おはようございます」

「おはようございまーす。『先日の合同イベント行きました！　すっごく楽しかったです』」

「そういえば、前にメールで行くって言ってたわね、この人」

「姉さんたちに会えるのが楽しみって言ってた人ね。えー、『僕が一番印象に残っているのは、ドッヂボールでおふたりが手を合わせたところです。普段は仲が悪そうなのに、あそこは息ぴったりって感じで最高でした』。……はぁ。そんなことあったっけ？」

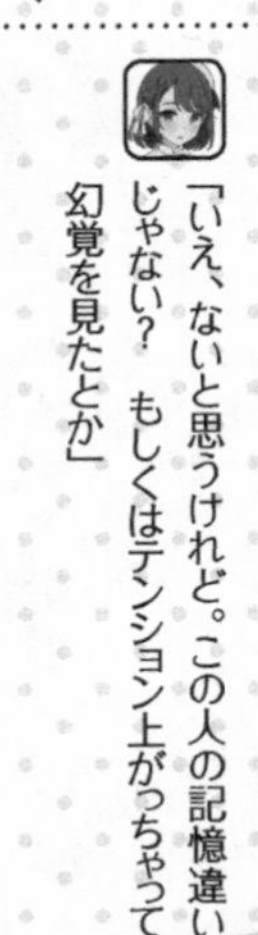

「いえ、ないと思うけれど。この人の記憶違いじゃない？　もしくはテンション上がっちゃって幻覚を見たとか」

「あー、そんな感じするわ。みんなすぐ強めの幻覚見るからなぁ。『それと、個人的に好きだった場面は、夕姫が告白セリフを言えてなかったところです』」

「また幻覚見てるわね。そんな場面なかったけれど？」

「これは紛れもない現実だから。ごまかしても、あんたがポンコツなのはとっくにバレてるよ。えー、『夕姫、あんときなんて言ってたんですか？(笑)』。ほら。イジってきてる」

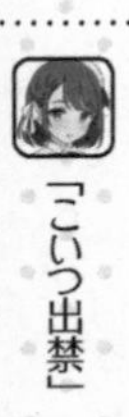

「こいつ出禁」

「鶏肉、出禁だって。短い付き合いだったな。次はパーソナリティを怒らせないよう気を付けなよ。じゃあ遺言の続き読むね。『ところで、さくちゃんがみんなで打ち上げに行くと言っていましたが、実際に行ったときはぜひどんな感じか教えてほしいです』」

「あぁ、そんな内容のメールも結構来ていたそうよ。打ち上げに行ったら話聞きたいですってメール」

「任せて任せて。ちゃんと報告するから。いやー、姉さんには感謝しなくちゃ。四人で焼肉、楽しみだなー」

「実は打ち上げの日取り、もう決まってるのよね。予定を合わせていたら、近々にちょうどいい日があって。だから、すぐに話せるようになると思うわ」

「乙女姉さんも柚日咲さんも忙しいし、予定合うかなーと思ってたけど、ちょうどいい日があってよかったよ」

「というわけで、今度行ってきます。その話はまたあとで」

to be continued……

打ち上げ当日。

待ち合わせの十九時十分前に、由美子は焼肉店『重々宴』に到着した。

日はとっぷりと暮れているが、街中は人工的な光で明るく、人の往来も多い。

賑やかな声が溢れる大きな道、そこから少し外れた場所に『重々宴』はある。

上品な佇まいの建物の前、そこに女の子がひとり立っていた。

マスクをしているが、間違えようがない。

「めぐるちゃーん」

声を掛けると、めぐるはスマホから顔を上げる。

「あぁ。お疲れ」

「お疲れー」

マスクを外しても、そこには仏頂面しかない。

反面、由美子はにこやかに手を振った。

彼女はそれを嫌そうに見つめる。

「めぐるちゃん、そんなに怒んなくても。結局、ご飯を食べたいって言ったのは姉さんなんだからさ。姉さんに言われちゃ、文句もないでしょ」

「……べつに、怒ってない。ちょっと緊張してるだけ」

めぐるはこちらから目を逸らし、弱々しい声で呟く。

何ともテンションが低く、いかにも乗り気じゃないといった感じだ。

しかし、由美子は首を傾げ、じーっと彼女の姿を見つめた。

上から下まで。

顔もじっくり覗き込む。

「なに。鬱陶しいんだけど」

「……いや。めくるちゃん、気合入りすぎじゃない？」

そんな感想が漏れる。

今日美容院に行ったのか、髪が綺麗に整えられている。

長さもセットも完璧だ。

化粧も非常に丁寧で、細部に至るまで気遣いが見える。

服装は、ノルディック柄の白セーターに黒いロングスカート、ベージュのノーカラーコート。

童顔ながら大人っぽい彼女によく似合っていた。

恥ずかしそうに前髪を触る姿は、クリスマスデートにはしゃぐ少女のよう。

何度か彼女と会っているが、今日が一番気合の入った格好をしていた。

「完全にイベントで人前出るレベルじゃん……。今日ただの打ち上げだよ？　カメラないよ？

あれ、もしかしてあたしが知らないだけでカメラ入る？」

「そうじゃないけど……、さくちゃんが来るから。やっぱり、会うんだったら一番綺麗な姿で会いたいから……」

「めくるちゃん、推しのイベントと勘違いしてるね？　ご飯だよ？　今から焼肉だからね？」

　思わず指摘すると、めくるはじろりと睨んでくる。

「そういうあんただって、イベントに出るみたいな格好してるでしょうが。わたしが知らないだけで、今日カメラ入るわけ？」

　めくるの目が上から下に降りていく。

　実際、今の由美子の姿は、歌種やすみとして人前に出るものと変わらない。

　髪はまっすぐなストレート、化粧も綺麗めなナチュラルメイク。

　上はもこもこしたニットセーター、下はチェックのスカート。

　淡いピンクのコートは、一目惚れして買ったばかりだ。

　普段のギャル姿とはかけ離れている。

　由美子は手を広げながら、ニッと笑った。

「ファンサだよ、ファンサ。今日はめくるちゃん来るからさ。喜んでもらえるかなー、と思って、こっちで来たの」

　どう？　どう？　とアピールすると、めくるは腰に手を当てて、ふぅーっと息を吐く。

　おや、この反応はお気に召さなかったか。

　様子を窺っていると、彼女はそっと目を伏せる。

「……気持ちは嬉しいけど、やすやすが目の前にいると思うと緊張するから。あんまりかわいいことしないで。もうちょい自覚持ってくれないと、わたしが困る」

顔を赤くして、声もどんどん小さくなっていく。決して目を合わせない。

……マジか、この人。

乙女相手に緊張していると思っていたが、歌種やすみにもあがっていたらしい。

思わず、素のテンションで言葉を返してしまう。

「いや、冗談。今日事務所で撮影あったから、私服もそれに合わせただけだよ。そのまま来たから、この格好ってだけで」

正直に事実を話すと、めくるはどこかほっとした表情を作った。

そのあと、自分の両頰を軽く手で叩く。

「あー、ダメだ。あんたといると調子狂う。さくちゃん……、桜並木さんが来るんだから、素が出ないよう気を付けないと。たるんでるわ、ほんと」

よし、と両手で拳を握る。

表情は心なしか引き締まって見えた。

その姿が愛らしくて、後ろから彼女の両肩に手を置く。

「いやいや、あたしはめくるちゃんの素が見られたら嬉しいよ？　気を許してくれたみたいでさ」

「うるさい、めくるちゃん言うな。あんたに気を許すことなんて、これからもこの先もない」

鬱陶しそうに由美子の手を払うと、腕時計をちらりと見る。

「歌種。もう予約の時間だし、先に入ってましょ」

ちょいちょいと指差して、店の方に進んでいく。

「あたしたちのが後輩なのに、めくるちゃんに予約してもらって悪いね」

「べつに。高校生に店の予約任せたくないし。桜並木さんにしてもらうのもなんでしょ」

店の扉を開けると、外まで漂っていた肉の香りがいっそう強くなる。

値段が高いだけあって、店の雰囲気は品があって落ち着いていた。

ついきょろきょろと周りを見ていると、

「きょろきょろしない」とめくるにつつかれてしまう。

来店のベルで出てきた店員さんに、めくるが名前を告げた。

「十九時に予約した藤井です」

店員さんはにっこり笑って、個室に案内してくれる。

「めくるちゃんって、本名藤井さんなんだ。結構普通だねえ」

「うるさいな。歌種だって佐藤でしょうが」

「ねー、下の名前はなんて言うの？」

「あんたには絶対教えない。……それより」

めくるは気だるげにこちらを見上げる。

「前のイベントでも思ったんだけど。あんた、さっき撮影って言ってたよね。もう素の格好では表に出ないってこと？」

素の格好、というのは普段のギャル姿のことだろう。

少し前まで、歌種やすみとして活動するときもギャル姿だった。

今のキャラを定着させるためだ。

しかし、キャラの強調をやめた今、周りが見慣れ、好まれている元の姿に戻ることにしたのだ。

「うん。あたしとしても、歌種やすみはこっちの方が落ち着く。ユウもたぶん同じだよ」

そう告げると、めくるは視線を前に戻した。

「……いいんじゃないの、それで。ファンもそっちのが喜ぶだろうし。知らないけど」

聞こえるか聞こえないかくらいの声で、めくるは言う。

めぐるが見ていないのをいいことに、「こういうところだよなぁ」とにまにまする。

案内された個室は四人用の座敷で、ゆっくりできそうだった。

席を指差して、由美子は口を開く。

「めくるちゃん、座る位置決めよ。どこにする？」

「は？　どこでもいいけど。なに、だれがだれの隣かを気にするわけ？　はー、そういうとこ学生って感じね」

めくるがせせら笑いながら、呆れたように頭を振る。

当たらずも遠からず。由美子は冷静に言葉を返した。

「いや、めくるちゃんが気にするでしょ。乙女姉さんが来るんだよ。向かい合わせか、隣、どっちがいいの？」

めくるの動きがぴたりと止まった。

途端、難しい表情で腕を組む。

前かがみになりながら、席をじっと見つめた。

「そう、ね。顔をずっと見られる正面……、いや、物理的に距離が近い隣……？　どっちが、正解……？　いや、どちらも正解ではあるけど、どっちの方がより……」

「めくるちゃん」

「待って！　ちょっと待って！」

手で制してくる。余計なことを言ったかもしれない。

これは長くなるかなぁ……、と思っていたら、扉を開けて千佳が入ってきた。

「……どういう状況？」

「どういう状況だと思う？」

わけのわからぬ状況に、千佳は眉根を寄せた。

結局、めくるは乙女の隣を選択した。

めくるの向かいに由美子。

由美子の隣に千佳が座っている。

既に待ち合わせ時間は過ぎたが、乙女からは仕事で少し遅れると連絡が入った。

そして、待つ時間が延びるにつれて、めくるの緊張が強くなる。

「めくるちゃん、もう少し落ち着いたら？」

机に指をとんとん、視線はきょろきょろ、口を開けば生返事。

実に落ち着きがない。

「さっき、素が出ないようにするって言ってたのに」

「うるさいな……。始まる直前の緊張はどうしようもないでしょ。抑えられないもんなの」

「始まるって言っちゃってるし。ライブ前のオタクみたいになってるけど」

「あぁそんな感じ。席も最前なんだから、興奮するのは仕方ないでしょ」

「隣の席を最前って言うのやめない？　そんな状態で姉さんが来て本当に大丈夫？」

由美子の苦言に、めくるは渋い表情になる。

そのまま目を手で覆った。

大きなため息のおまけ付きだ。

「あー……、本当に調子狂う。だから嫌だったの……、あんたたちがわたしの素を知ってると思うと、どうにも気が抜ける。なんでこんなことになったかなぁ……」

その言葉には実感がこもっていて、少しだけ可哀想になる。

めくるの素が露わになった経緯は、ほとんど事故だ。

めくるは隠し通したかったろうし、今でも後悔している。

……自分は余計なことをしているのかもしれない。

めくるの顔をじっと見る。

すると、彼女は徐々に挙動不審になり、赤い顔で手のひらをこちらに向けてきた。

「ちょっと……、あんまり顔を見られると恥ずかしい……、視線いいですから……、ファンサ過剰……」

「…………………」

いや、ファンサじゃないわ。

心配して損した。

少なくとも、今のめくるは嬉しそうだ。

相反する感情が彼女にあるのは知っているし、この件はもう深く考えないでおこう……。

「柚日咲さん」

そんなやりとりをしていると、千佳が口を開いた。

彼女は真面目な表情で、ぺこりと頭を下げる。

「あのときは来てくれて、ありがとうございました。前はちゃんとお礼を言えなかったので」

めくるがきょとんとした顔になる。

しかし、すぐに無表情に戻った。

頬杖を突きながらぼそりと答える。

「べつに。わたしは、お礼を言われるようなことはしてない。だってあれは、柚日咲めくるの意思じゃないもの」

「あれは、藤井さんとしての意思ってこと？」

「そ」

由美子の言葉に、めくるはそっけなく返す。

視線を合わせないまま、独り言のように呟いた。

「わたしのファンとしての気持ちは、あの場にいたほかのファンといっしょだよ。いろいろ割り切れない想いはあるけど、それでも続けてほしい。やめてほしくない。ファンとしての気持ちがあぁなんだから、こうやって続けてもらう分には嬉しいんじゃないの」

投げやりな言い方になりつつも、由美子たちを肯定している。

それに気が緩んでいると、めくるは「ただし」と付け加えた。

千佳と由美子に睨むような目を向ける。

「声優・柚日咲めくるとしては、やっぱりあんたたちの行動は許せない。許すつもりもない。それを忘れないで。今日だって、仕事だから来ただけ。二度とごめんだわ」

ふん、と不愉快そうに言う。

千佳はそんなめくるをじっと見つめていたが、小さな笑みをふっと浮かべた。

「大丈夫です。わたしも二度とごめんなので。仕事じゃなければ来ないです」

「……夕暮は、もうちょい可愛げあったほうがいいと思うけど」

心底呆れたような顔で、めくるは千佳を見ていた。

ふたりが気安いやりとりをしているのが、どこか嬉しく感じる。

案外、良い空気なんじゃないか。

そんなふうに思っていたが、新たな風に一気にその空気が吹き飛んだ。

「ごめんなさい！　遅くなっちゃった」

入ってきたのは桜並木乙女だ。

ベルト付きのニットワンピースにジャケットを羽織り、頭にはキャスケットを乗せている。

走ってきたのか、息を切らしながらも笑顔だ。

「わー、姉さん。大丈夫、そんな待ってないよー」

両手を振ると、乙女も嬉しそうに手を振り返してくれる。

視界の端で、千佳が頭を下げるのが見えた。

さて、ここで気になるのがめくるの反応だ。

さっきまでライブ前のような緊張感（客側）を出していた彼女だが、目の前に推しが現れたとき、どんな表情をするのか。

ライブなら歓声か悲鳴を上げるのが定番だけど……、とめくるの顔を見る。

「お疲れ様です」

「…………」

めくるはお手本のような笑みを浮かべ、頭を下げていた。

……どうやら、お仕事スイッチを入れたらしい。

凄まじい切り替えの早さだ。乙女ともごく普通に接している。

なんだ。つまんないな。もっと顔に出ると思ってたのに。

そうしてふたりを見ていると、千佳に肘でつつかれた。

「なに」

「露骨すぎ」

どうやら、顔に出ていたのはこちらだったらしい。

乙女が目を離した隙にめくるから睨まれる。

しかし、乙女が隣に座ると、めくるの頬がひきつった。

「えへへ、めくるちゃんの隣だ」

にこーっとしながら、乙女がそんなことを言ったからだ。

あの至近距離であの笑顔、そんな人たらしなことを言われれば、めくるとしてはきついだろう。案の定、固まっている。

でも、距離は近い方が嬉しいのではないか。

気を遣ったわけではないが、由美子はメニューを差し出す。

「とりあえず、飲み物たのもっか」

それぞれが頷く。

メニューはふたつなので、必然的にふたりでひとつを使うことになる。

「えっと、どうしようかな……。めくるちゃんはどうする？」

「そうですね……。！　あ、あー……、ど、どうしようかな……」

乙女がメニューを覗き込むので、さらに距離が近くなる。

乙女の顔がすぐそばにある。

めくるはさすがに外面が外れかけたが、それでも平静を保とうとしていた。

そんな葛藤を知らない乙女は、笑顔のままめくるに話しかける。

「めくるちゃん、お酒飲む？　明日大丈夫？」

「あぁ……、明日は夜からなので大丈夫ですよ。飲みますか？」

「飲もう飲もう。わー、めくるちゃんとお酒飲めるの嬉しいなー。何にするー？　ビール？」

きゃいきゃいしている乙女を見て、楽しそうで何より、と由美子の頬も緩む。

反面、めくるはちょっと辛そうだ。

乙女から見て、不自然にならない程度に離れようとしている。

そのせいで姿勢がおかしい。腰やられそう。

なんだか思春期の男子みたいだな……、と思っていると、肩に熱を感じた。

千佳がぺったりと肩をくっつけ、メニューを覗き込んでいる。

こっちはこっちで距離感に気遣いが一切ないな……、べつにいいけど……。

「？　……？　…………？」

人にくっついてメニューを見ているくせに、千佳は変な顔をしていた。

仕方なくメニューをめくってやる。

「ここはアルコール類。あんたはソフトドリンクでしょ。どれにすんの」

「あぁ……、えっと……、ウーロン茶……」

「ジュースじゃなくていいの？　いっぱい種類あるけど」

「あ、本当ね……、ん……。サイダー、にしようかな……」

「ご飯のときに炭酸飲むとお腹いっぱいにならない？　べつにいいけどさ。あ、果汁100％のジュースもあるよ。口さっぱりさせたいなら、こっちの……」

「……ちょっと」

ページをめくっていると、千佳から苛立った声が飛び出す。

彼女はこめかみに指を当てて、嫌そうに続けた。

「世話を焼かなくていいから。たまにあなた、わたしのことを子供か何かだと勘違いしているときがない？」

食事のときは、いつも子供だと思って接しているけど。

しかし、正直に言うとこじれそうだ。

「思ってないから。それより、早く飲み物決めな」

「…………」

軽くあしらうと、彼女は凶暴な目つきで睨んでくる。

しかし、それ以上は何も言わず、大人しく飲み物を選んでいた。


「かんぱーい」

飲み物が到着し、次から次へと肉が運ばれてくる中、四人の声が重なり合う。

四つのグラスが離れたあと、思い思いに口へ運んだ。

「……あー、おいしい～。お仕事のあとのお酒は、最高だねぇ……」

ふにゃふにゃしながら、ビールを楽しむ乙女。

その珍しい表情を見ないようにしながら、ビールに口を付けるめくる。

由美子と千佳は果汁100%のりんごジュースだ。

一息ついてから、由美子は肉が載った皿とトングを手に取る。

「よし、じゃあサクサク焼いていこっか。タン塩からでいいよね？」

慣れた手つきで、網の上に肉を乗せていく。

途端、じゅう、と食欲をそそる音が聞こえた。

「あ、じゃあわたしサラダ取り分けるねー」

サラダをよそう乙女。

それにめくるが慌てた。

「あぁ、桜並木さん。いいですよ、わたしがやりますから」

「え？　いいよぅ。同期なんだし、気を遣わないでよー。それよりわたしは、めくるちゃんがまだ敬語なのが気になるんだけどなー？　タメ口がいいのにな～？」

「……前も言いましたけど、年上の方に敬語を外すのは苦手なんですってば」

そんなことをやいやい言いながら、乙女はサラダを取り分けていく。

何もしないのはまずいと思ったのか、千佳が箸を手に取った。

「佐藤。わたしも焼くの手伝う」

「いい。余計なことしなくて。あんたは黙って座ってな」

「は？　なにそれ。あなた焼肉奉行だったの？　べつにふたりでやってもいいでしょうに」

「うるさい。自分の箸で肉を焼こうとする奴に、させることは何もない」

「お生憎様。このお箸はまだ口を付けてないから、綺麗なままよ。わたしだって、それくらい弁えているわ」

「あんたのことだから、生肉掴んだその箸で、そのまま焼いた肉を食べるんでしょ」

「？　それの何が悪いの？」

「ばーかばーか」

「ちょっと！　何の話？　そういうルールがあるの？　暗黙の了解？　あなたはすぐそうやってマウントを取ろうとする！」

怒り出す千佳を無視して、さっさと肉を焼いていく。

千佳に出しゃばられると焼ける肉も焼けない。

せっかくのいいお肉を邪魔されてなるものか。

「あ、夕陽ちゃん。やすみちゃんはお肉焼くの、とっても上手だから。やすみちゃんが焼肉奉行さんやってくれるなら、おまかせした方がいいかも」

由美子の焼肉奉行を知る乙女が、そう後押しする。

さすがに乙女から言われると、千佳も矛を収めざるを得ないようだ。

大人しく座りなおす。

めくるは何をしているかと見れば、取り分けてもらったサラダを見つめていた。

瞳の輝きを隠し切れていない。

『桜並木乙女に取り分けてもらったサラダ』として、うっかり家に飾りそうな目だ。

「……めくるちゃん、サラダ食べなよ？」

「っ。わ、わかってるわ。当たり前でしょうが」

顔を赤くし、慌てた様子でサラダをテーブルに戻す。

それに呆れつつも、由美子は肉の焼け具合を確かめた。

「ん。こんなもんかな。取っていいよー」

由美子の掛け声に、まず乙女が肉を取り、遅れて千佳とめくるが肉を皿に運ぶ。

由美子も箸に持ち替えて、程よく焼けたタン塩を摘まんだ。

タレ皿のレモン汁にちょいちょいと付けると、じゅ、という音が鳴る。

四人で顔を見合わせてから、ぱん、と手を合わせた。

「「「「いただきます」」」」

口の中にタン塩を運ぶ。

まず、レモンとほのかな塩の風味が口の中に広まり、すぐに肉の香りが合わさった。熱々なお肉が旨味を強調する。さっぱりとした、上品なタンの味。嚙めば嚙むほど味の広がりは大きくなり、そのたびに幸福な気持ちになる。

四人で、おいしいなぁ、と顔がほころぶ。

「……よし。ガンガン焼いていくよー」


めくるがトイレから帰ってきたら、入れ違いでトイレに向かおうと思っていたが、なかなか帰ってこない。

別にタイミングを合わせなくてもいいか、と席を立った。

「ごめん、トイレ行ってくんね」

そう言い残して部屋を出る。

お腹を擦りながら、上品で綺麗な廊下を歩いた。

「やー……、高いだけあるなぁ。どのお肉もおいしい」

そんな感想がこぼれる。

次から次へと肉を焼いていったが、どれもとてもおいしかった。

「いつか、ママをこういうお店に連れてきてあげたいなぁ」

せっせと働く母を思い浮かべる。

そして、トイレの扉を開けてぎょっとした。母の店で見た光景と重なったからだ。

女性が洗面台の前でうなだれている。めくるだ。

慌てて、彼女の背中にそっと手をやった。

「めくるちゃん大丈夫？　気持ち悪い？　どれくらいキツい？」

飲みすぎたか。

彼女のアルコールの許容量はどれくらいで、どれくらい超えてしまったのだろう。

顔を覗き込むと、とろんとした目がこちらを見上げた。

「あぁ、歌種……」

「あれ……？　気持ち悪いんじゃないの？」

予想よりしっかりした声色、目の色に驚く。

由美子の問いかけにめくるは首を振った。

「大丈夫、ぜんぜん酔ってないから……。むしろ酔えない。お酒もぜんぜん進まない……」

うわ言のようだが、確かに酔っ払いの言う「酔ってない」とは別に見えた。

飲みすぎたのでないなら、なぜこんなことに。

訝しんでいると、めくるがこちらの両肩をガッと摑んできた。

潤んだ瞳でぎゅう～っと手に力を込めてくる。

「さくちゃんが近い……っ！　近いよぅ……！　ねぇ、あんたにわかる⁉　推しが、すぐそばにいる恐ろしさが！　頭真っ白！　なーんも出てこない！　そのうえさくちゃん神対応だし、もうわたしどうにかなるぅ━……！　ねぇ、なんであの人あんなにかわいいの～……、ガチ恋が加速するぅ━……！　やめてほしい、これ以上わたしを夢中にさせるのはやめてほしいぃ……、だってもう、まず私服！　あの私服見た⁉　すっごい似合ってるし最高だし初めて見る私服だしあれプライベートでしか着ないのかなぁそれに隣に来たときもピカピカの笑顔だしもうあれでイチコロそれに」

「ちょい待った、早口で感想語るのやめて」

酔ったのは酒じゃなくて乙女に、らしい。やかましいわ。

ヒートアップして早口で語る人物は身近にいる。

こういうときは早めに止めるに限る。

すると、めくるはこちらに身体を預けてうなだれた。

「歌種ぇ……！　幸せすぎて辛いぃ……、わたしは今日死んでもいいぃ……、今日がわたしの命日だ……、この幸せな夢を見続けるためならどうなってもいい……」

「そんなに？　……まぁ、喜んでるならいいけど」

あまりの熱量に若干引いたが、めくる自身は楽しんでいるようだ。

うぅぅ━……、と幸せを嚙みしめているめくるは、やはり少しは酔っているのかもしれない。

未だ手を離してくれず、由美子の身体に頭を押し付けている。

そのうち泣き出すんじゃないだろうか……。

そう思いながら、頭をぽんぽんと叩いた。

「っ！」

その瞬間、めくるは後方に勢い良く飛ぶ。

「あだっ！」

「ちょ、大丈夫？」

めくるは勢いのまま壁に激突し、背中を押さえる。

由美子が駆け寄ろうとすると、彼女は手で制してきた。

めくるは口元を手で隠しながら、カァっと顔を赤くする。

「……だめ、やっぱり酔ってる。あの、あんまり近付かないで。やすやすまで意識すると、本当に、もう、だめに、なるから。おかしく、なる」

「…………」

もうとっくにおかしいんだけど……。

挙動不審になっためくるを見て、やっぱり素のままで来た方がよかったかも、と後悔してきた。

「……大丈夫なら、あたしトイレ済ますね？」

「……うん。先、戻ってる」

そわそわしためくるがトイレから出ていく。

「あれで、姉さんの前ではしれっとしてるんだからすごいよな……」

めくるに感心だか呆れだかわからない感想を抱きながら、さっさと個室に入った。


おいしいお肉をたっぷりと食べ、食事も大体終わった頃。

「すみません。明日は朝から仕事があるので、今日は失礼します」

そう言いながら、千佳が立ち上がった。

「桜並木さん、ご馳走様でした。お肉とてもおいしかったです」

「うん、お疲れ様！　わたしも夕陽ちゃんとご飯食べられて嬉しかったよ～！」

「お疲れ」

にこやかに手を振る乙女、軽く手を挙げるめくるに、千佳は頭を下げる。

その様子を由美子が見上げていると、彼女は不服そうに見下ろしてきた。

「言っておくけれど。本当に仕事だから。嘘だと思うなら、成瀬さんに確認すればいいわ」

「あたしがなるさんと連絡取ってもいいの？」

「ばか」

短く罵ると、千佳は部屋から出て行った。

千佳が帰っても解散にはならず、なんとなくダラダラとおしゃべりを続けていた。

乙女もお酒が回って楽しそうだし、めくるはめくるで多少はお酒が効いているらしい。

乙女との会話も少しは砕けていた。

……こう言ってはなんだが、千佳が帰ってくれて助かった。

このふたりに、チャンスがあれば尋ねたいことがあったのだ。

「ねぇ、ふたりとも。ちょっと相談なんだけどさ。……演技に詰まったときって、どうしてるか訊いてもいい？」

意識せずとも、声が真面目なものになったかもしれない。

めくるからは表情が消えた。

乙女はきょとんとした顔に変わる。

めくるはこちらをじっと見て、シンプルに尋ねてきた。

「ファントム？」

こくりと頷く。

歌種やすみが『幻影機兵ファントム』に出演することは、既に公式で発表されている。

「前に上手くできなかったって言ってたアフレコだよね……？　でも、やすみちゃん。前にそれは何とかなった、って……」

乙女が不安そうに尋ねてくる。

以前のアフレコでの失敗は、乙女には既に相談し、助言ももらっている。

けれど、今日訊きたいのはその先のことだ。

「うん。自分で言うのもなんだけど、最初よりはずっと良くなった。スタッフさんやほかのキャストにも褒めてもらえてさ」

現場の空気を思い出す。

リテイクも減って、ほかの声優ともいい雰囲気でやれていると思う。

もちろん未だに緊張はするし、森や大野とは交流がないが、それでも随分よくなった。

でも。

「……でも、何とかなった、ってレベルなんだ。求められている演技には届いてない。それは自分でもわかるし、音響監督にも言われた。もう一段階、上にいかなきゃならないって。その壁がすごく厚くて。壁を破って満点の演技をするには、何が必要なのかなって……」

歯がゆい思いをしている。

加賀崎の協力もあり、気を緩めることなく努力はしている。

経験値が増えるごとに良くなっているとも思う。

それは結果に出ているが、それでもまだ足りない。

まだまだ足りない。

その穴を埋めるには、どうすればいいのか。

「やれることは――全部やってるつもりだし――ずっと演技のことを――考えてはいるんだけ

ど――練習だって――勉強だって――それに――ほかのことも――」

「やすみちゃん？」

「――――」

「歌種」

「……あ。ごめん。えっと、それで、ふたりにアドバイスをもらえたらって」

思わず考え込んでしまったが、めくるの声で我に返る。

苦笑いを浮かべると、ふたりは顔を見合わせていた。

乙女が困ったように笑う。

「うーん……。でも、わたしは全部伝えちゃったと思うけど……。ほかは……、あ。でも、そもそもー……、あぁううん。ごめん、これは違うかも」

「え、なに姉さん。何かあるなら、教えてほしい」

「う、ううん。でも、これは今言ってもしょうがないことだから……」

「それでもいい。姉さんの考えがあるなら、教えてほしい。お願い」

乙女は驚いて目をぱちぱちさせた。

その顔がやけに近くて、自身が身を乗り出していることに気付く。

ゆるゆると座りなおした。

「そこまで言うなら、伝えるけど……。やすみちゃんは、準備が足りなかったと思うよ」

「準備？　……あぁ、まぁ。オーディション受かってから収録まで間はなかったけど……」

「そうじゃなくて、普段からの準備かな。やすみちゃん、『演じたことのない役』だからって戸惑っていたよね。オーディションを受けたこともないって。だけど、そういう不安の芽は日頃から摘んでおくべきだよ」

乙女は優しい笑みを浮かべたまま、ゆっくりと続ける。

「いつ、どんな形で仕事が入るかはわからないんだもん。やったことのないタイプが急に決まることもある。それから慌てて練習しても、できることは限られてるから。日頃からある程度のパターンは想定して、身に着けておくべきだったんじゃないかな。そこは油断だと思う」

「…………」

さらりと言われ、肝が冷える思いだった。

日頃から仕事のことを考えておくべきだった、という指摘。

きっと乙女は、どれだけ多忙でも自分の時間を演技に費やしているのだろう。

確かにその意識は、由美子に足りていないものだった。

「……まぁその教訓は次に活かせばいいでしょ。今やれることを精一杯やって、終わってから取り組めば。大事なことよ」

黙って聞いていためくるが、フォローに入る。

そこで乙女ははっとした。

おろおろと言葉を繋げる。

「そ、そうだね。ごめん。言いすぎちゃったね。これは……」

「ううん。ありがと。姉さんの言うとおりだと思う。気を付けるし、きちんと自覚できた。事実なんだから、言いすぎってことはないよ。ほかにもあれば教えてほしい」

きょとんとしたのは乙女とめくる、両方だ。

彼女たちは再び顔を見合わせ、なぜかくすりと笑う。

その笑みの理由はわからないが、彼女たちは表情を引き締めた。

「わたしなら」

そんなふうに始まった彼女たちの話は、先輩だけあって多岐にわたった。

ありがたいアドバイスに聞き入る。

それらの話を一通り聞かせてくれたあと、めくるはおもむろにスマホを取り出した。

「ていうかさ」

スマホを見つめながら、ごくごく普通のトーンで口を開く。

「現場に夕暮いるでしょ。夕暮に意見は聞いた？　それが一番いい気がするけど」

そんな思いがけないことを言う。

「めくるちゃん、それは」

「え、ダメですか。いいと思いますけど」

乙女が戸惑った声を上げ、めくると由美子を交互に見る。

めくるは不思議そうにしていたが、自分の意見を言うことにしたようだ。

そのまま進める。

「キャスト見たけど、夕暮があんたと一番距離近いんじゃないの。芸歴も近いし、歳も同じ。共演だってラジオだってしてる。そんな相手の視点から、自分の演技がどう見えるか。何が足りないのか。同じ質問をぶつければ、きっと現場で感じた意見をもらえるだろうし、参考になると思うけど」

めくるはよどみなく、すらすらと話す。

きっと彼女自身が経験している、実績のある話なのだろう。

しかし、乙女は困った表情で居づらそうにし、由美子は自分でどんな顔をしているのかわからない。

めくるは怪訝な顔をしていた。

「……え、なにこの空気。わたし、何かまずいこと言った？」

それに返答できないでいると、乙女が気を遣って説明してくれる。

「えっと、めくるちゃん。多分だけど……、なんて言うんだろう。やすみちゃんにとって、夕陽ちゃんっていうのは、ええと……、負けたくない相手っていうか。その、ライバルっていうよか……。そんな相手に『アドバイスください』って言うのは……、言いづらい……、というより、無理、なんじゃないかって思う……」

乙女が言葉を選び、由美子の顔色を窺いながら、そっと伝えた。

めくるは釈然としないらしく、不可解そうに乙女を見ている。

「あぁ……、そういうものなんですか？」

「そういうものです……」

乙女は目を瞑って、こっくりと頷く。

……くそ、妙に恥ずかしい。

由美子は顔がどんどん赤くなるのを自覚する。

たどたどしく口を開いた。

「いや、そういうんじゃないし……。単にあいつに教えを乞うとか嫌なだけだし……。ライバルとか負けたくないとか、ぜんぜんわかりませんけど……」

自然と語尾は弱々しくなる。

それをごまかすために、めくるに疑問を投げかけた。

「ていうか、めくるちゃんにはそういう相手いないの。あぁそうだ、夜祭さんとかさ。同じ事務所で同期で、同じラジオやっててさ。負けたくないー、とか思わない？」

『めくると花火の私たち同期ですけど？』のパーソナリティ、夜祭花火。

柚日咲めくると同じく、ブルークラウン所属で芸歴も同じ。

そんな相手、意識しない方が無理ではないか。

そう思って尋ねると、めくるは腕を組んで首を傾げた。

「花火に負けたくない……、ねぇ。考えたこともなかったわ。それどころか、アドバイスしてもらうし、わたしだってするし。……まぁ、花火はもう家族みたいなもんだしね」

あっさりと言う。

どうやら、そもそもそんな間柄ではないらしい。

これは相手が悪いな、と質問を変える。

「じゃあ、ほかに意識してる人はいないの？　こいつにだけは負けたくない！　って思う人」

めくるの表情が渋いものに変わる。

机に肘をつき、眉間の皺をほぐし始めた。

「……そこがわたしの悪いところでね。今まで一度も思ったことがない。それどころか、オーディションで『絶対に受かりたい』と思ったことさえない。恥ずかしい話なんだけど」

「え、そうなの？　それは、どうして？」

乙女に訊かれ、めくるはますますばつの悪い表情になる。

グラスを手に取り、ぽつりぽつりと続けた。

「……作品に声を当てるのは、わたしじゃなくてもいい、って思っちゃうんです。別の人が声を当てて、より良いものになるならそっちの方がいい。わたしがやってそれが最高だ、って言えるならいいんですが、そんなことはないですから」

……なんとなく、めくるらしいな、と思う。

普段のめくるのスタンスがそれだ。

ラジオのレギュラーが多く、様々な特番に呼ばれる彼女は、番組を第一に考え、そのトーク力を「番組のために」使う。

裏方だろうが、目立たない役割だろうが、立ち位置に執着しない。

番組最優先。

盛り上がれば、自分が目立たなくても構わない。

そういうところが、番組側からもファンからも評価されているのだと思う。

それに加え、彼女は声優ファンでもある。

自分が演じるより、好きな声優に演じてもらう方が喜ばしく感じてしまうのではないか。

めくるは再び渋い顔をし、独り言のように言う。

「そういうハングリー精神のなさが、役を取れない原因だとも思ってますから。意識を変えようと、頑張っている最中ではあるんですが」

めくるの長所は短所にもなりえる。

彼女自身もいろいろと抱えているようだ。

そして今度は、めくるが乙女の目を見た。

「……桜並木さんは、意識してる人っているんですか。ぜひ聞いてみたいですが」

それは、柚日咲めくるとしてなのか、藤井さんとしてなのか。

ただ、それは由美子も気になる。

思えば、そんな話はしたことがない。

「うん。聞いてみたい。さっきの姉さんの口ぶりだと、そういう人がいるのかなーって思ったけど」

乙女は少し困ったように、そして、どこか寂しそうに笑う。

「いたねぇ。同期なんだけど、デビューしたての頃はバチバチだったなぁ。この人には絶対負けたくない！　ってお互いに思ってたよ。演技が当時から本当に上手い子でね。あの子が役を取るたび、くやし～！　わたしも！　って思ってたなぁ」

グラスを口に運んでから、はぁと息を吐く。

「わたしが演技に詰まったとき、めくるちゃんみたいに『あの子に聞いてみれば』って先輩から言われたこともあるんだ。でも、どうしても聞けなかった。聞けば絶対に参考になるのに、あの子の方が上手いのに、それでもね。……いや、だからこそ、かな。それだけは嫌で……」

ぽつぽつと語る彼女は、懐かしさを楽しむようで、憂いのある表情だった。

その姿を意外に思う。

桜並木乙女は、普段から穏やかで物腰がやわらかく、いっしょにいて癒される人物だ。

そんな彼女が、ここまで強い想いを抱えるなんて。

しかし、当然と言えば当然だ。

負けたくない相手がいるのも、そんな相手には素直になれない、というのも。

「……それは、だれか訊いてもいいですか？」

「ふふ。なーいしょ」

めくるの質問を、くすりと笑ってはぐらかしてしまう。

気になる相手ではあるが、無理に聞き出すことでもない。

乙女はしばらく黙り込んでいたが、過去に思いを馳せるようにゆっくりと言った。

「意識する人がいるのは重要だよね。負けたくない、って思いが力になるのはわたしも知ってる。でも同時に、めくるちゃんが言いたいこともわかるんだ。互いに意識してるってことは、互いによく見てるってことだから。一番の理解者かもしれない。わたしには無理だったけれど——、やすみちゃんが本当に困ったとき、そのことを思い出してもいいかもしれないね」

彼女は静かに言う。

けれど、乙女でも無理だったことだ。

千佳に助けを求める姿を想像してみたが、とても冷静ではいられなかった。

NOW ON AIR!!　第44回

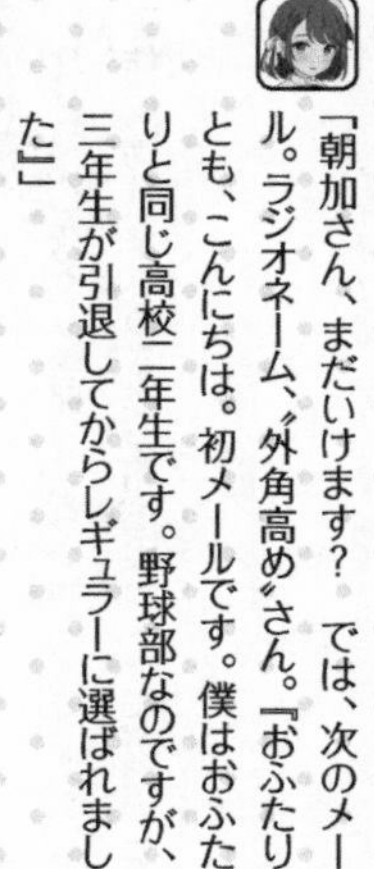

「朝加さん、まだいけます？　では、次のメール。ラジオネーム、〝外角高め〟さん。『おふたりとも、こんにちは。初メールです。僕はおふたりと同じ高校二年生です。野球部なのですが、三年生が引退してからレギュラーに選ばれました』」

「おー、それはそれは。よかったじゃん」

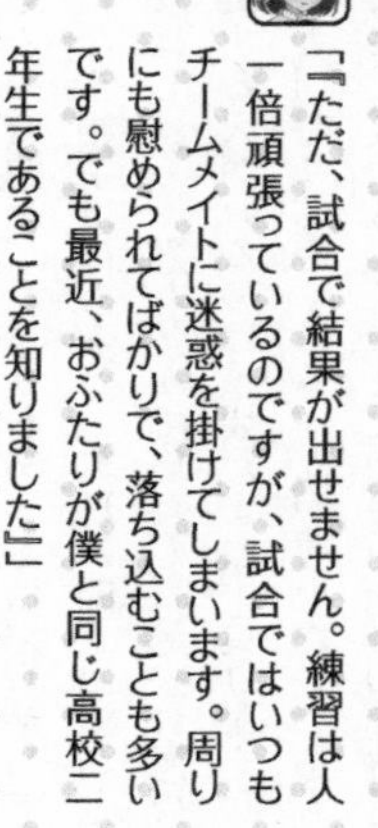

「『ただ、試合で結果が出せません。練習は人一倍頑張っているのですが、試合ではいつもチームメイトに迷惑を掛けてしまいます。周りにも慰められてばかりで、落ち込むことも多いです。でも最近、おふたりが僕と同じ高校二年生であることを知りました』」

「うん」

「『僕と同じ歳のおふたりが、すごい場所で頑張っている姿に勇気をもらえます。尊敬します。そんなおふたりに訊きたいのですが、お仕事が上手くいかないとき、どんなふうに乗り越えていますか』」

「…………」

「やす？」

「あ、ごめん。いろいろ考えちゃった。……ええと。まず、べつにあたしは尊敬されるような人じゃないよ。〝外角高め〟さんといっしょで、自分の実力不足に悩んで、落ち込んで、ほかの人はすげーよなー、なんであたしはできないんだろーってうじうじするばっかでさ」

「…………」

「それこそ今、難しい現場にいるんだけど、最初はひどいもんでさ。ほんっとに上手くいかなくて。すっごく悔しくて。なんでできないの、って自分を責めるんだけど、それで何とかなるわけもなくて」

「…………」

「自分のせいで周りに迷惑かけるの、辛いよね。めっちゃしんどいのわかるよ。あたしも周りに迷惑かけっぱなしで……。今はよくなったね、って言ってもらえるんだけど……、でも、まだ……、ぜんぜんまだまだで……」

「…………」

「自分でも納得できなくて。目標の演技に届かなくて。努力はしてるよ、もちろん。だからこれ以上どうしていいかわからなくて、もがいて、もがいて、だけど結局届かなくて……。何がダメなんだろう、ってずっとずっと考えてるんだけど……、答えはわからなくて……」

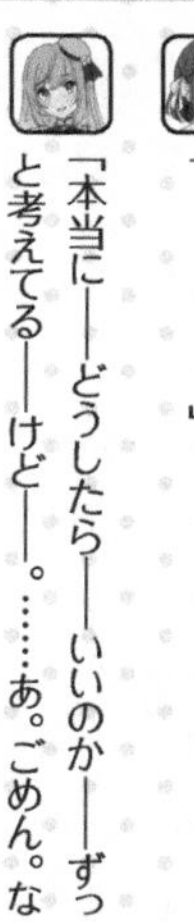

「…………」

「本当に——どうしたら——いいのか——ずっと考えてる——けど——。……あ。ごめん。なんか長々と語っちゃった。ええと、なんだっけ。乗り越え方……、は、ごめん。正直あたしもわからないや。むしろ教えてほしいくらいかな……。えっと、ユウはどう？　なんかある？」

「…………。ええ、そうね。わたしは——」

to be continued……

『幻影機兵ファントム』で由美子が演じるシラユリ・メイは、物語途中で死亡する。

サクラバ・ハツネにどうあっても勝てない、と悟ったシラユリは、彼女との一騎討ちで命を賭した戦法にでる。

その戦いで、シラユリがサクラバに抱いていた感情が初めて言葉になる。

この回は、シラユリにとって本当に大事な回だ。

そして――、歌種やすみにとっても。


「…………」

ベッドの上で、台本とにらめっこする。

シラユリが登場する最後の回の台本。

この台本は、かなり早い段階で手渡されていた。

「この回は本当に大事な回です。あなたの魂の演技を信じています」

監督、音響監督のふたりにはそう言われている。

言外に「今の演技ではダメです」と伝えられたようなものだ。

この台本を受け取ってから、いや受け取る前から、ずっと考えていることだ。

どうすれば、求められた演技に届くのか。

何度ぶつかってもびくともしない壁を、どうやって突き破るのか。

ずっとずっと、悩んでいる。

けれど答えは出ないまま。

「由美子ー？　今日収録じゃないの〜？」

「え？　あ、やば。ありがと、ママ」

母親に声を掛けられ、慌てて立ち上がる。

準備が終わったからと考え事をしていたら、いつの間にか家を出る時間だ。

台本を鞄に入れたものの、この台本は今日使わない。

今日の収録はシラユリ最期の回――、のひとつ前の回だ。


この日も何とか収録を終え、由美子はマイクの前で安堵した。

「お疲れ様でしたー」

そんな挨拶がいくつも重なり、ブースからぞろぞろと出ていく。

数時間にわたる収録が終わり、疲労感と解放感がキャストを満たしていた。

「歌種さん、お疲れー。歌種さんって次で最後だよね？　寂しくなるなぁ」

「次の回はやすみちゃん頑張らなきゃねー。それじゃ、お疲れー」

そんなふうに声を掛けられ、和やかに言葉を返す。

彼らのあとに続きながら、ふっと息を吐いた。

今回も最後までやり通せた。
大丈夫、ちゃんと演じられている。
……未だ満点の演技には届かないが、リテイクの数も減っている。
次で最後。
それまでに少しでも完成度を上げて、何とか完璧な演技に近付けよう。
そう心に決めていたときだった。
「歌種さん」
まるで、風鈴のように心地よい声が耳に入る。
一瞬、名前を呼ばれたことに気付かず、ぼけっとしてしまった。
「歌種さん」
再び呼びかけられ、慌てて振り返る。
すぐそばに憧れのプリティア声優――森香織が立っていた。
「あ――、も、森さん。どうか、しました？」
返答がたどたどしいものになる。
森に声を掛けられるなんて、今まで一度もなかった。
いったい何の用だろう。
森は吸い込まれそうな瞳で、こちらをじっと見ている。

　ドキドキしながら返事を待っていると、彼女は少しだけ首を傾げた。

「歌種さんは、今まで主人公を演じたことは、ある？」

「え……？　いえ、ありません、けど」

「それなら、自分の演じるキャラがメインになる回って、録ったことは、ある？」

「あ、あー……、〇〇回、って言われるやつですよね。えっと、デビュー作で一度だけ」

「そう」

　森は静かに頷く。

　声にも表情にも、一切感情が表れない。

　どういう意味なのだろう……？　と顔色を窺っていると、彼女はゆっくりとブース内に目を向けた。

「次の回は、シラユリが中心の回、だね。わかっていると思うけど、あの話はシラユリが主役。あなたが主役。メインはサクラバじゃなく、シラユリが主役を張るの」

「…………？」

　そのとおりだが、どうかしたのだろうか。

　次の収録回は、シラユリがサクラバと決着をつける回だ。

　シラユリがメインと言っても差し支えない。

　しかし、それは以前からわかっていたことだ。

意図が読めなくて困惑していると、森がほんの少しだけ微笑んだ。

「──夕暮夕陽でも、わたしでも大野でもなく、あなたが主役。何十年も声優をやってる人や、とても演技が上手い人がいても、次の主役はあなた。その意味を、あなたは理解している？」

「──え」

「次の回はあなたの演技次第で、物語の質が左右される。あなたの技術が足りなければ、それだけ全体の質が下がる。主役を張るということは、その責任を持つということ。それは、覚えておかないといけない」

静かに、そして淡々と言葉を重ねていく。

由美子が固まっていると、その肩をするりと撫でて、彼女はブースから出て行った。

「来週のあなたの演技、とても楽しみ」

そんな呪いのような言葉を残して。

「…………」

なぜ、そんなプレッシャーをかけるようなことを。

いや、あれは忠告だろうか？

主役なのだから腑抜けた演技をするなよ、という忠告。

わかっているだろうな？　という警告。

「…………」

どくどく、と心臓が早く鳴る。不安で視界が暗くなる。

壁にぶち当たっていることを見透かされている。

森から見ても、由美子の技量は次の回を演じるに足りないのだろう。

「……いや、大丈夫。わかってる。覚悟もしてる」

不安になるな、と言い聞かせた。萎縮するわけにはいかない。

最後の出番にずっと備えてきた。

やれるだけのことをした。これ以上はどうしようもないくらいに。

その努力を最後まできっちりやって、壁を突き破れることを祈るしかない。

そう思いながらブースを出ると、調整室で杉下が渋い顔をしていた。

「……森さんには困ったものだ。歌種さん、随分とプレッシャーかけられていたけど、大丈夫ですか」

「あぁ、はい。ちょっとびっくりしましたけど」

苦笑すると、杉下も同じような笑みを浮かべた。

彼は顎を手でこすりながら、確かめるように言う。

「ただ、森さんの言ってることは正しいんです。次は本当に大事な回です。あなたの演技次第で、次の回どころか、ファントム自体の質を左右しかねない……、のですが。プレッシャーで萎縮しては意味がない。せっかくメインなんですから、楽しむくらいの気持ちでいてほしいですね。期待していますよ」

「はい」

力強く返事をする。

大事な回であることは、今までも言われていた。十分にわかっている。

あとは次の収録までの一週間、やれることを全部やる。

そして、次の収録ですべてを出し切るだけだ。


一週間は瞬く間に過ぎていった。

今までと同じように、そして今まで以上に努力を重ねた一週間だった。

加賀崎に注意されながらも、この一週間はいつもより上の空だったように思う。

シラユリのことを考え続ける一週間。

それ以外のことは、正直あまり覚えていない。

今までの台本を繰り返し読み、繰り返し声に出し、繋げた映像がずっと頭の中にある。

先輩声優や監督たちに言われたことを思い出し、それもずっと意識している。

幸い、人から言われたことは滅多に忘れない。

時には加賀崎から、「由美子、お前明日は練習禁止。友達と遊んできなさい」なんて言われることもあったけれど。

やり切った。

再び収録の日が巡って、そう心に抱くことができた。


いつもどおりのスタジオ入り、いつもどおりの収録風景。

アフレコ前の演技指導では、特に何も言われなかった。

単純な話で、今まで何度も何度も聞かせてもらっていたからだ。

今更こちらが聞くべき話も、監督たちが改めて言うこともない。

そして、いよいよ『幻影機兵ファントム』、由美子最後の収録。

この日、初めてのシーンは——リテイクから、始まった。

「——歌種さん。もっと感情的になってください。声のトーンはそのままで大丈夫ですが、もっと感情を声に乗せてほしいんです」

「はい」

調整室から指示を受け、マイクの前で返事をする。

最初から躓いたが、焦りはなかった。

今までだってリテイクはあった。

今日は大事な回なのだから、リテイクが増えるのは仕方がない。
ほかの人を待たせる後ろめたさはあるが、初回の収録みたいにはならないはずだ。
大丈夫。大丈夫だ。あれだけやったではないか。
そんな思いを抱き、己を保っていたが、徐々に空気が変わっていく。
暗くて重い。不穏な空気が漂いつつある。
なんだか息苦しく感じ、首元に手をやる。けれど、締め付けるものは何もなかった。
おかしいな、おかしいな。そう思いつつも、マイクの前で演じ続ける。
そして、何度もリテイクを重ねる中。
その息苦しさは、自身の焦りと不安が生み出していることに気付く。
いや、待て。大丈夫だ、落ち着け。
杉下の指示に従っていれば、いずれ終わる。
最後の最後には、きちんといい演技ができるはず。
今までの積み重ねを出し切れば、それに結果はついてくる。
そう思っていたからこそ、杉下がこう言ったとき、頭が真っ白になった。
「――すみません。一旦、歌種さん抜きで録りましょう」
「え」
先ほど、調整室では杉下と神代が話し込んでいた。

話し合いの結果、進行を優先させることになった……、らしい。

このまま演じていても終わらない、と判断された。

彼らが求める演技に届かなかった。

下がるように言われたので、呆然としながら席に着く。

シラユリがメインのシーンなのに、由美子抜きで収録が進んでいく。

――そこで一気に、不安が襲い掛かってきた。

「……あぁ」

見ないようにしていた。

意識的に目を逸らしていた。

いつから、いつからだろう。

精一杯やった。やれることはやった。出し切った。

こんなもの、結果を求められる世界では「だから、なに？」で済まされることに。

監督たちの言う演技に至ること、壁を突き破ること。

それが目標であったはずなのに、いつの間にか「やれることをすべてやれば、きっと何とかなるはず」と自分をごまかしていた。

なんてことだろう。

頭がくらくらする。息が苦しい。狭いところに閉じ込められたようだ。

どうしようも——もうどうしようもないのではないか。

こんなに大事な回に、自分は未熟な演技を晒して終わるだけではないか。

叫びだしたくなる恐怖に耐えていると、収録が進む。

しかし、このあとも同じことの繰り返しだった。

何度もリテイクを行い、調整室が少し沈黙したあと、

「……すみません。一旦、歌種さん抜きでお願いします」

と言われ、ほかの声優が録る。

そして、それを由美子は見つめるだけ。

散々難航したうえに、結局なにひとつ前に進まないまま、この日の収録は終わってしまった。

しかし、すべてのシーンを録り終えても、すぐには解散とならない。

「すみません、ちょっとよろしいですか」

そう言いながら、神代と杉下がブースに入ってきたからだ。

杉下はキャスト陣を見回し、珍しく熱っぽい口調で言った。

「まず、歌種さんは居残りをお願いします。それで、ほかの方もできる限り残って頂きたいんです。スケジュールの都合があるので仕方ないのですが、シラユリのシーンは本当は抜き録りを避けたいんです。この回はとても大事な回なんです。どうか、協力をお願いできませんか」

そんなことを、言った。

ている。


神代も隣で同じようなことを言い、頭を下げる。

その瞬間、由美子の心がぎゅうっと押し潰れそうになった。

自分のせいで、収録がスムーズにいかなかったばかりか、ほかの人に居残りまでお願いされ
それだけ、この回は本当に大事な回なのだ。

それなのに、自分のせいで台無しになりかけている。

あまりの重圧に手を力強く握るが、それでもカタカタと震え始めた。

すると、ほかの声優が由美子の頭をぽんと叩く。

「なーに怯えた顔してんの。やすみちゃんが頑張ってるんだから、わたしも付き合うよ。監督、
わたし残りますよ」

彼女の言葉を皮切りに、何人かの声優が口を開く。

「ふたりに頼まれちゃあ、嫌とは言えないなぁ。いいよ、やってくやってく」

「次の収録までだよ～？　いやぁもう、しょうがないなぁ～」

「まー、しょうがない、しょうがない。難しいシーンだからねー」

口々に続け、彼らは残る準備をしてくれる。

離れた場所で千佳も待機していた。

大野や森は何も言わないが、残ってくれるようだ。

きゅっと胸が詰まり、前とは違う意味で泣きそうになった。
慌てて頭を下げて、彼女たちにお礼を言う。
しかし。
このぽかぽかした気持ちは、すぐに黒く塗り潰されることになった。

「あー……。ごめん、わたしもタイムオーバーだ。お先に。頑張ってね」
またひとり、ブースから消えていった。
居残りを始めて、どれくらい時間が経っただろうか。
最初は賑やかだったブース内も、徐々に人が減って熱が薄れていく。
ブースがだんだん広くなるのが辛くて、モニターと台本以外に目を向けられない。
最後に見た調整室は、杉下と神代、ほかのスタッフが難しい顔をして話し合っていた。
がむしゃらに演じて、リテイクして、また演じて、を繰り返す。
申し訳なさや歯がゆさ、様々な感情が大きく積み重なっていく。
頭はくらくらしている。
ずっとずっと息苦しい。
「っと。あたしもここらで限界だわ。悪いけど、先に出るねー」

大野が腕時計を見て、明るく言い放った。

神代アニメだけあって忙しい声優は多く、残ってくれた人たちも「次があるから……」とどんどん抜けていく。

「本当なら、最後まで付き合いたいんだけど……」

とすまなそうに言われ、また申し訳ない気持ちになる。

その繰り返し。

大野にお礼と謝罪をしていると、ガッと肩を組まれた。

彼女は前を向いたまま、耳元で囁く。

「なぁ歌種。あたしもあんたもプロだ。プロだったら『できませんでした』じゃ通らないな？　あたしもこの道そこそこなげーからさ、いい加減な仕事やった奴がどーなるかってのは、よーく知ってる。わかる？　地続きなんだ。覚悟決めろよ。今大事な場所に立ってんだぞ」

最後に背中をぽんと叩き、大野は出て行ってしまった。

彼女は調整室で、杉下たちと何かを話している。

大野の言葉が頭の中で響き、身体からは力が抜けていく。

身体が重くて仕方がない。そのまま倒れ込みそうだ。

それでも、前に進み続けるしかない。

大野の言葉は事実だ。頑張ったけどダメでした、で済む話ではない。

言いようのない恐怖に怯えながら、居残りアフレコを続けた。
杉下から改めて演技指導を受け、そのとおりに演じる。
……だが、結果は同じだった。
何度も何度もリテイクを重ねる。
何度も何度もリテイクを重ねる。
手応えはなく、アフレコは一向に前へ進まない。
周りの人は尽くしてくれている。
残った声優は時折励ましてくれ、杉下は丁寧なディレクションをくれる。
それに報いられないのが、本当に辛かった。悔しかった。
そして、またひとり時間切れになった声優が現れ。
最後には、由美子と千佳のふたりだけになった。
「……夕暮さんはまだ時間大丈夫ですか」
杉下に問われ、千佳は何てことないように返す。
「わたしはほかの人と違って仕事がないので。問題ないです」
その答えに、杉下はくすりと笑った。
「そうですか。いえ、夕暮さんが残ってくれるのは本当にありがたいです」
そう言ってから、調整室に戻っていく。

確かに、主人公であるサクラバがいるのといないのでは、全く違う。

素直な気持ちとしては、ありがたいと思う。

けれど、それは決して言葉にはできない。

隣に千佳がいる。

彼女はこちらを一切見ず、前のモニターを見つめている。

千佳は仕事がないと言った。だから残れると。

以前の夕暮夕陽は多忙だったが、裏営業疑惑の件で今は仕事が減っている。

彼女はその現状に強い不安を覚え、泥に塗れる感覚を味わっていた。

それを知ったとき、由美子は『これがあたしのいる場所だよ。気持ちがわかった？』という、薄暗い感情を抱いた。

同時に、仲間意識もあった。

しかし――、ぜんぜん違うではないか。

周りに迷惑を掛け、全く進まないアフレコにもがき続ける自分と。

その作品の主人公として、威風堂々と立つ彼女。

その暗い現実は、両肩に重くのしかかっていた。

居残りを続ける中で、調整室がバタバタしているのは気付いていた。

その理由がわかったのは、杉下が困り顔で入ってきてから。

「すみません、ふたりとも。時間切れです。今日の収録はここまで。歌種さんはスケジュールが取れたので、明日、別録りになります」

返事をしようとして、声が出なかった。

先に、千佳が口を開く。

「そうですか。それでは、わたしは失礼します。お疲れ様でした」

「お疲れ様でした。長い時間残ってもらってすみません。ありがとうございました」

千佳は何事もなかったかのように、ブースから出ていく。

彼女にもお礼を言わなくちゃいけないのに、何も言えない。

その場で固まっていると、杉下は息を吐く。

「無理を言ってすみません。でも、私たちはどうしても妥協したくないんです。この回は、あなたの演技が命運を握っている。シラユリが主役で、そのシラユリに声を吹き込むのがあなたです。私はどうしても、今の演技でOKを出したくない。わかって頂けますか」

「はい」

そう返事したものの、本当にわかっているのだろうか。

そのあとも様々な助言をもらったが、それを活かせるかはわからなかった。

気が付けば、廊下をとぼとぼと歩いていた。

ほかの収録もすべて終わっているのか、廊下は静かだ。人の気配もない。

空気が冷たく、自分の足音しか聞こえなかった。

初回の収録を思い出すが、状況はあのときよりよっぽど悪い。

今日の収録は、出し切ったと思ったのだ。

自分が出せるものをすべて出し切った。

……その結果が、これだ。

『ここまでやったのだから、これでダメだったらどうしようもない』というところまでやって
――、本当にどうしようもなくなった。

「どう、しよう……」

どうすればいい。

次の収録は明日の朝。

猶予はもらえたが、たかだか数時間で演技が化けるとは思えない。

壁は相変わらず立ち塞がったままだ。

何度ぶち当たっても、結局突き破ることはできなかった。

杉下からは今日の演技指導を反芻して、完成度を上げてくるように言われている。

それ自体に異論はない。

だが、それだけでどうにかなる話なんだろうか……？
「加賀崎さんに連絡……、でも……」
加賀崎に助けを求めることも考える。
しかし、今日に至るまで彼女といっしょに何度も調整してきた。
今日は無理だったが、できるかぎり収録にも顔を出してくれた。
しっかりと準備をして、万全の状態でやってきたのだ。
……それが全く届かなかっただけで。
今までと同じことをして、解決するとは思えない。
もちろん連絡はするし、スケジュールの件で彼女はこのことを既に知っているはず。
だけど、今はとても話せる気分じゃなかった。
打開策がないまま帰るのが恐ろしくて、ロビーの長椅子に腰かける。
周りに人影はなく、自販機の光がやけに眩しく思えた。
辺りは静かで、何の音も聞こえない。
現実から目を逸らすように、顔を伏せた。
真っ暗闇を手探りで歩いている気分だった。
どれくらいの間、そうしていただろう。
自分の隣に何かが置かれ、顔を上げた。

「いつかのおかえし」

千佳だ。

彼女がこちらを見下ろしていた。

帰ったんじゃ、と言いかけたが、声にならない。

千佳の手には缶が握られている。

ホットのミルクセーキ。見ると、置かれたのも同じくミルクセーキだった。

以前、ライブで落ち込んだ彼女に水を渡したことがある。

そのとき、「こういうときは甘いのが飲みたい」と言われたのを思い出した。

普段なら、「また甘ったるいものを」と笑えたかもしれない。

千佳は黙って、離れた場所に腰かける。

そのまま、ミルクセーキをちびちびと飲み始めた。

彼女がミルクセーキを飲み終わり、さらにしばらく経ったあと。

「わたしは、あのときの言葉を覚えているわよ」

そう言ったのだ。

「――――」

千佳の言う、「いつかのおかえし」のときの話。

乙女抜きでライブをやったが、盛り上げ切ることができず、ふたりして非常に悔しい思いをした。

そのときに言ったのだ。

『乙女姉さんみたいな、すごい声優になりたいな。……いや。姉さんよりも、もっと』

『いつか……。頑張って頑張って、色んなことをうーんと上手くなってさ……、乙女姉さんを越えよう。今度こそ、さ』

いつか、あの桜並木乙女をも超える声優になると。

そんな夢のようなことを語り――、千佳は、それを覚えている、と口にした。

この状況でも。

こんなにも情けない姿を見たあとでも。

千佳は返事を待たずに立ち上がった。

何も言わなければ、彼女はこのまま立ち去るだろう。

その背中を見つめる中、今度はめくると乙女の声が響いた。

『キャスト見たけど、夕暮があんたと一番距離近いんじゃないの。芸歴も近いし、歳も同じ。共演だってラジオだってしてる。そんな相手の視点から、自分の演技がどう見えるか。何が足りないのか。同じ質問をぶつければ、きっと現場で感じた意見をもらえるだろうし、参考になると思うけど』

『意識する人がいるのは重要だよね。負けたくない、〳〵って思いが力になるのはわたしも知ってる。でも同時に、めくるちゃんが言いたいこともわかるんだ。互いに意識してるってことは、互いによく見てるってことだから。一番の理解者かもしれない。わたしには無理だったけれど

──、やすみちゃんが本当に困ったとき、そのことを思い出してもいいかもしれないね』

千佳に助けを求める。

想像しただけで心がざわつき、信じられないほどの抵抗があった。血液が沸騰しそうだ。

とても冷静ではいられない。

違う。それは違う。千佳に助けを求めるのは違う。

負けたくない、負けてたまるか、絶対に負けるか。

その想いには、憧れや嫉妬、たくさんの感情が練り込まれ、意識するだけで力が生まれる。

歌種やすみにとって、夕暮夕陽はそんな存在だ。

もし、千佳が同じ状況になったとしても、きっと助けを求めることはないだろう。

自分たちがライバルであり続けるために、それは必要なことだ。

矜持のようなものだ。

──でも。

でも。

「渡辺」

立ち上がる。

躊躇う前に、千佳に頭を下げた。

「あんたの――夕暮夕陽の、力を貸してほしい。あたしには何が足りないのか、なぜ上手くいかないのか。渡辺なら、きっとあたしの演技に思うところがあるはず。同じ声優として、同じ現場に立つ者としての、あんたの意見が欲しい。どうか、助けてほしい」

床を見つめながら、一心に言う。

本当はこんなこと、したくない。するべきではない、とすら思う。

だけど、矜持を守るには実力が足りない。

今はどんなものさえかなぐり捨て、愚直に結果を求めなければならない。

たとえ、彼女との関係を壊してしまうことになっても。

この現場を、やりきらなくてはいけないのだ。

「――――――」

千佳が、息を呑む気配がした。

そして、無感情な声で彼女は言う。

「……わたしには、そんなことできない。立場が逆だったとして、あなたに意見をください、なんて口が裂けても言えない。絶対に無理だわ」

声に感情がないせいで、千佳がどんな顔をしているかわからない。

軽蔑しただろうか。

嫌気が差しただろうか。

それも仕方がないと思う。

しかし、次に聞こえた声は、そのどれでもなかった。

「……悔しい……」

そう言ったのだ。

思わず、顔を上げる。

千佳は手の甲を口に当てて、泣きそうな顔で目を逸らしていた。

心底、悔しそうな目で顔を赤くしている。

忌々しそうに唇を噛んだ。

「わたしにはできなかった……っ。いくら演技のためとはいえ、そこまで真摯になれない……。わたしは、わたしは！　演技に対して、妥協なんてしたことなかったのに！　だけど、それは！　あなたにはできても、わたしにはきっとできなかった……っ！」

想像しただけで、胃の中をかき混ぜられる感覚。

それはきっと、今このときだけではなく、これから先も続いていく。

千佳はそれを受け入れることはできなかった。

けれど、それは。

「それは、あんたが。そうする必要がないってだけでしょ」

「そういう話じゃない……。追い詰められたとき、その選択肢を取れるほど真剣かどうか、っていう話よ」

こちらをキッと睨みつける。

そして、彼女は心から悔しそうに続けた。

「あなたのそういうところ、本当に嫌い……っ」

その声色は、まるで彼女の方が追い詰められているかのよう。

泣きたい思いをしているのは、こっちだっていうのに。

しばらくしてから。

千佳は大きく息を吐いた。

そのまま沈黙していたが、観念したように首を振る。

手のひらを見せて、静かに口を開いた。

「あなたの勇気に免じて、今だけは素直に言うけれど」

そう前振りをしてから、こちらを見ずに続けた。

「わたしはあなたとラジオを始めてから、ずっと歌種やすみを意識していた。だって、負けたくなかったから。あなたの演技をずっと聴いていたし、見ていたとも思う。断言するけど、監督やほかの声優、全員含めても、この場であなたの演技に一番詳しいのはわたし」

そこで一度、言葉を区切る。

彼女がこちらを見た。

まっすぐにこちらを見据えながら、意志の強い声で続ける。

「力になるわ、歌種やすみ」

「——佐藤の演技で、ずっと気に掛かっていたことがあるの」
由美子の前にちょこん、と座った千佳がそう切り出す。
ここは由美子の部屋だ。
千佳に助けを求めたあと、そのまま千佳を連れて家まで帰ってきた。
スタジオからは千佳のマンションの方が近い。
しかし、一軒家である由美子の家ならば、多少なら声を出せる。
今日はこのまま、千佳は泊まる予定だ。
明日まで、とことん付き合ってくれるらしい。
軽く晩ご飯を済ませ、準備はできた。
お互いの間に台本を置き、睨み合うようにして口を開く。
「気に掛かることって、なに」
「あなたは周りの人への意識が下手。そのせいでベテランに気圧されてる」
淡々と述べる千佳に、戸惑う。
それは以前、加賀崎にも似たようなことを言われた。
だから、意識して考えを変えるよう努力した。
過去を振り返っても、結果は出ていたと思う。
きちんと考えたうえで反論を口にする。

「いや、そんなことない……、と思うけど。あたしはベテランにも負けないよう、負けてたまるか、くらいの気持ちで挑んでたよ」

「ほら、間違ってる」

間髪を入れずに否定し、千佳はため息を吐く。

さすがにそれにはむっとした。唇を尖らせ、彼女を睨む。

「なにが」

「負けてたまるか、じゃないのよ。『どうだ、これがわたしの演技だ、参ったか』くらいの胸を張る気持ちで、見せつけるようにやれって言ってるの」

予想外の返事に戸惑う。

だれかに聞かれるはずなんてないのに、「今のを聞かれたらどうしよう」とさえ思った。

反射的に、おろおろした言葉を返してしまう。

「い、いやいや、待ってよ。どれくらい芸歴違うと思ってんの。『負けてたまるか』って思うことさえ、おこがましいのに……」

「わたしは。そう思って演じているわよ」

ぴしゃりと言い切る千佳に、こちらの方が黙り込む。

彼女は鋭い目つきでこちらを見て、力強い声で続けた。

「芸歴がなに。そんなもの、演技に関係ない。考える必要ない。確かに、あの人たちとわたしの間には大きな壁がある。それはわかってる。でも、ほかの部分で負けているのに、気概でも負けてどうするの。嚙みつくくらいの気持ちがなければ、絶対に呑まれる」

「――――――」

あまりにもまっすぐな言葉に、胸が震えるのを感じた。

なぜ、今まで忘れていたのだろう。

夕暮夕陽は主役なのだ。

由美子の抱える重圧が比にならないほど、彼女の肩には凄まじい重みが載っているはず。

あれだけのベテランが揃う中、自分が主役を張るプレッシャーはどれほどなのか。

けれど、彼女はその重圧を撥ね除けながら、マイクの前に立っている。

そんな彼女だからこそ、先ほどの言葉には説得力があった。

あぁくそ。

こんなときだっていうのに。

やっぱり、夕暮夕陽は格好いいな、なんて思ってしまった。

「――わかった。明日はそう演じる。ほかのベテランにも――、あんたにも。あたしの演技を見せつけてやる」

由美子の声色で、気持ちが伝わったのがわかったのだろう。

千佳の表情がやわらかくなる。

が、それはすぐに暗いものに変わり、苛立たしげに台本へ目を向けた。

「……できれば、それはベテランがいるときに見せてほしかったけど。まぁ、贅沢は言えないわね……。別録りはどうしようもないもの」

独り言のように呟いてから、さて、と続けた。

今度は、彼女の表情がいたずらっぽいものに変わる。

「ベテランの重圧に縛られているあなたに、ひとつ良いことを教えてあげる」

「…………」

嫌な予感しかない。

千佳がこんなふうに言うことで、ろくなことなどあるのだろうか。

「あなた、初日に大野さんから怒られていたわよね」

ほら来た。

嫌なことを思い出させる。

自然と表情が渋いものに変わった。

もちろん、大野が他事務所にも関わらず、あんなふうに注意してくれたのは慈悲だ。そのことを忘れてはいけない。

ただ、普段は何も言わない大野でさえ、目に余ったという自分。

その事実にはどうしても心が重くなる。

　そんな由美子をからかうように、千佳は笑って言う。

「渋い顔しない。大野さんってね、普段は後輩に注意なんてしないそうよ」

「知ってる。聞いた」

「なぜかわかる？」

「はぁ……？　普段は注意するほどひどい後輩はいない、ってことじゃないの」

　由美子の言葉に、千佳は首を振る。

「そうじゃない。無駄になるからよ。続くかどうかわからない声優に注意しても、やめてしまえば無駄になる。――だから、大野さんが声を掛ける人っていうのは、この業界に残れる、と感じた人だけなんですって」

「――え」

　つい、まじまじと千佳を見つめる。

　彼女は茶化すことなく、ゆっくりと頷いた。

「以前、父から聞いたのよ。父が一度、大野さんに尋ねたんですって。昔の大野さんは後輩を指導することが多かったのに、今は稀にしか見かけない。どうかしたんですか、って。大野さんは『残るかわかんない奴に言っても仕方ない。言う相手は選ぶ』と答えたそうよ」

　ぐらっとした。心が揺れる。

　静かに、けれど大きな衝動が自分を襲った。

本当にそれが自分に当てはまるのか。そこまではわからない。

けれど、その言葉に飛びつきたくなる。

もし、大野が『こいつは残れるだろうから』と目を掛けてくれたとしたら。

こんなにも、こんなにも嬉しいことはない。

ただ、思い当たる節はあった。

前に聴いたラジオでの『業界に残れる奴としか遊びたくない』という発言や、トイレで楽しそうに話していた彼女。

それらに合点がいく。

気付かないうちに、自分の手をきゅっと握っていた。

そうであってほしい、と願う。

「ちなみにわたしも一話目に怒られたわ」

「………」

こいつ。

薄い胸に手をやり、自慢げに言う千佳に殺意が湧く。

なんというか、急にありがたみが減った感じだ。

それに意外でも何でもない。

そりゃ、夕暮夕陽は生き残れると思うだろう。

しかし、それをわざわざ言う気にもなれず、投げやりに答えた。

「怒られて嬉しそうな顔するんじゃないよ……。それで、渡辺は何で怒られたの」

「それは教えないけど」

「こいつ……」

日頃のお返し、とばかりにおちょくってくる。

ここらで反撃しておこうか……、と考えていると、千佳が手を広げた。

表情がやわらかいものになる。

「ほら。ベテランから見ても、あなたの実力を評価している人がいる。それってとても心強いでしょう？」

「……そうね」

本当にこいつは。絶妙なタイミングで飴をくれる。

由美子が毒気を抜かれていると、千佳は顔を引き締めた。

本題らしい。

「ベテランに見せつけるよう演じてほしい。それは心持ちの問題として、ひとつ。けれど、もうひとつ。あなたの演技が突き抜けてほしいから、というのもあるの」

「突き抜ける……？」

意味がわからずオウム返しすると、彼女はぐっと身を乗り出してくる。

床に手を突いて、こちらに顔を近付けてきた。

「あなたの演技は、どこか遠慮がちなんだと思う。周りによく見せようとしているのか、崩れたくないのか、思い切った演技じゃない。ブレーキを踏んでる。抑えてる」

「そんなこと……」

「ある。ずっと聴いていたわたしだから、同じように演じてきたわたしだから、ラジオをやってきたわたしだから、わかる」

千佳は話に夢中なせいか、顔が近いことに気付かない。

こちらの目を覗き込む。

言い聞かせるように続けた。

「一度、アクセルをこれ以上ないほど踏み込んでほしい。ブレーキがばかになっちゃったくらいの、思い切った演技。わたしはそれが見たい。良く見せようとするんじゃなく、演じようとするんじゃない、もっと泥臭い、魂でする演技。あなたが杉下監督に選ばれたのは、その部分が垣間見えたからなんじゃないか、ってわたしは思うの」

ぞっとするほど心地よい声で囁いたあと、千佳はそっと身体を離す。

「だって、そうじゃなければ、あなたより使いやすい声優なんていくらでもいるもの」

肩を竦めて言う。

「うるさいな……」

文句を言いながらも、どこか腑に落ちた。

芸歴三年目の自分が、ほかの声優よりも演技が上手いはずがない。

だれよりもシラユリがシラユリの声に合っている！　とも言い難い。

シラユリは杉下が「作品の評価を左右する」とまで言ったキャラクターだ。

それを歌種やすみに託したのは、オーディションで何かを感じたからではないか。

それに千佳の言っていることは、加賀崎に言われたことと本質は同じだ。

演じようとするな。

魂で演じろ。

違いは、加賀崎はあくまで常識の範囲内でのアドバイスで、千佳は完全に外れた、元の歌種やすみをぶっ壊すアドバイスであること。

周りに属さない、我が道を突き進む千佳らしい、と思う。

「――わかった。やってみる。渡辺、聞いてくれる？」

信じてみようと思った。

自分が憧れた夕暮夕陽を。

台本を手に取り、千佳の目をまっすぐに見る。

彼女は目を瞬かせていたが、やがて静かに笑った。

翌朝。

千佳とともにスタジオ入りした。

不安はある。心配もする。焦りだってある。

これでダメだったらどうしよう、どうなるんだろう、と暗い穴を覗き込むような気持ちだ。

だが、そのたびに千佳が察して、腰をぽんぽんと叩いてくれた。

やるしかないのだ。

スタッフに挨拶をしていると、杉下から「歌種さん」と手招きされる。

「すみません。別日で来てもらうなんて」

「いえ。こちらこそ、お時間頂いてすみません」

頭を下げると、杉下は迷ったような素振りを見せた。

こちらを見下ろして黙り込んでいる。

だが結局、咳ばらいをしてから口を開いた。

「歌種さん。シラユリは大事な役どころです。なので、オーディションはかなり難航しました。80点や90点を出せる声優は何人かいましたが、私たちは100点を出せる声優が欲しかったんです」

「は、はい」

「その声優たちに比べ、最初のあなたはいいところ60点です」

「う」

冷静に考えれば、それはそうだろう、という話だ。

けれど、面と向かって言われると堪える。

上手くいっていない現状だから、余計に。

「もちろん、そのあとのあなたは頑張っていました。努力したんだと思います。結果も出ていました。でも、ずば抜けて優れているわけではない。ならば、最初から90点の声優を使えばよかったのに、私たちはあなたを取りました。なぜだか、わかりますか」

答えに詰まった。

この流れなら、言うまでもない。自然と答えは頭に浮かぶ。

けれど、それを自分で口にするのは抵抗があった。

自然と顔が熱くなる。

いや、と思い直す。千佳に言われたではないか。

周りに見せつけてやるくらいで行け、と。

「――あたしなら、１００点の演技ができるようになる、と思ったからですか」

「違います」

いや、違うんかい。

恥ずかし。恥ずかしすぎる。なんだそれ。言わなきゃよかった……。

ええ……、この会話の流れだとそう思うじゃん……、なにそれ……。じゃあなんだよ……。

由美子が固まって頰を引きつらせていると、杉下はそっと続けた。

「あなたなら、120点の演技ができるかもしれない、と思ったからです」

「────────」

「すみません。プレッシャーをかけたいわけではないんです。私も、こういったことを普段は口にしません。あなたの可能性に賭けた人たちがいる、とどうしても伝えたくなりました」

由美子が何も言えないまま硬直していると、千佳が杉下に挨拶しにきた。

「おはようございます。今日はよろしくお願いします。無理言って参加させてもらってすみません」

千佳はぺこりと頭を下げる。

彼女は由美子とともにブースで収録する予定だ。

杉下の『できれば抜き録りは避けたい』という言葉は、演技の熱や臨場感、一体感を減らしたくないという意味だ。

隣に演者がいるといないじゃ、やはりどうしても差が出てしまう。

千佳がいてくれるのはとても助かる。

しかし、杉下の笑みはなんだかおかしかった。

「あぁ、本当に来てくれたんですね、夕暮さん」

「？　はい。……昨日お聞きしたときは、収録に来るのは問題ないと言ってませんでしたか」

「いえ、それは構わないんです。とても助かります。ただ……」

彼が何かを口にしかけたときだった。

「よろしくお願いしまーす」

「よろしくお願いします」

調整室に入ってくる二人組がいた。

大野と森だ。

「え……。おふたりも、抜き録りあるんですか？」

予想外の人物に、由美子が驚きながら尋ねる。

すると、大野が由美子の頭に手をやり、髪をぐしゃぐしゃにしてきた。

「ばかたれ。抜き録りはあんただけじゃ。収録するなら、あたしたちがいた方がいーでしょ。だから来たの。昨日、居残りで終わらなかったら連絡して、って頼んでおいたから。残念なことに予定空いてたから来た……ってだけの、お節介なババアどもよ」

そう言ってから、千佳を見て笑う。

「まさか、主役まで同じこと考えてるとは思わなかったけど」

後ろでこくんと森が頷く。

その姿を見て、胸が詰まった。

ふたりとも忙しいだろうに、自分のためにここまでしてくれるなんて。

「大野さ――」

「待って、勘違いしないで。あんたのためじゃねー。これは作品のため。歌種がいい演技しないと、みんなが困んの。前も言ったでしょ。アニメはひとりで作るんじゃないって」

由美子が何か言う前に、大野はぺらぺらと言葉を積み重ねていく。

森がぼそりと呟いた。

「ツンデレのテンプレみたいなセリフ」

「あぁん？　うるさいな、韻を踏むな。ツンデレキャラはむしろあんたの管轄でしょうに」

意外にも気安いやりとりをするふたりを見て、肩の力が抜ける。

ふたりの気遣いが本当に嬉しい。こんなにも光栄なことはない。

けれど、胸を熱くしてばかりじゃいられない。

「ありがとうございます、大野さん、森さん。よろしくお願いします」

地に足ついた返事が意外だったのか、大野は目を瞬かせた。

照れ隠しのように顔を背けて、「おう」とだけ言う。

森は見えるか見えないか、くらいの小さな頷き。

由美子は千佳と顔を見合わせて、頷き合う。

見せつけてやる。

ここにいる、憧れの声優三人に。


収録が始まる。

マイクの前に立つのは四人。

森、由美子、千佳、大野の順で並ぶ。

目の前のモニターには、昨日ずっと観続けた映像が流れていた。

集中する。集中する。

昨日、言われたことを思い出せ。

アクセルを踏み抜いて、夕暮夕陽をぶっちぎるくらいの演技を見せてやる。

「待って、あのバカがまだ来てない。さっきの洞窟ではぐれた。エマ！　通信まだなの⁉」

「今やってるわ。サクラバ、サクラバ！　聞こえる？」

ソフィアとエマの顔がアップになり、森と大野が順々に演じる。

次のシーンで、驚くサクラバの表情になり、千佳が息を呑む演技をする。

大きな、ドーム状の洞窟内。

そこに、サクラバが操縦する機兵ファントムが取り残されている。

洞窟は崩れかけていて、振動がひどい。世界が揺れている。

アフレコではBGMやSEは一切ない。演者の声以外に聞こえる音などない。

しかし、崩れかける洞窟の光景を見て、由美子の耳には確かにその音が聞こえていた。

ゆっくりと口を開く。

淡泊でありながら、まるで郷愁を思わせる声。

「会いに来たわ、サクラバ」

「シラユリ……、また、あなたですか」

サクラバに対峙するのは、機兵エンプティを操るシラユリ。

モニター越しにお互いの視線が交わる。

「――サクラバ！　聞こえる!?　早くそこから脱出して！　崩れるわよ！」

「――あんた何チンタラしてんの！　今どういう状況かわかってんの!?　死にたいわけ!?」

「わかっています……、ですが、そう簡単にはいかないかもしれません」

サクラバが前を見据えながら手を動かすと、ファントムが剣を抜いた。

同じようにエンプティも剣を抜く。

天井からたくさんの岩石が落ちる中、シラユリは静かに告げた。

「――わたしは結局。今の今まで、一度もあなたには勝てなかった。今回もそう。まともにやったら勝てない。……だけど、機体のリミッターを外せば、あるいは」

「……バカなことを。そんなことをすれば、機体の温度が上昇し続け、機体もパイロットも無事では――」

言いかけて、はっとする。

「……シラユリ。あなた、まさか」

「えぇ。わたしが勝っても負けても、これが最後。――決着をつけましょう、サクラバ」

シラユリの言葉を皮切りに、戦いは始まる。

激しいアクションシーンが続く。

二体の機兵が限界以上のスピードで、猛烈な攻防戦を繰り広げていた。

崩れる洞窟内は今もなお震え、岩が地面にぶつかるたびに耳障りな音が響く。

その中で人工的な鉄が軋む音、地を踏みしめる音、機体が激突する音、ふたりの声が重なり合っていた。

「いける……っ、いけるいけるいける……っ、今度こそ、サクラバに届く……ッ！」

はっはっ、と犬のような息を吐き、目をぎょろつかせたシラユリが言う。

顔は強張り、けれど喜色が隠し切れない。

期待に目をきらきらとさせ、その声はもはや無邪気と言ってもよかった。

興奮がにじみ出る、熱っぽい声。

もう少しで難しいステージをクリアできそう、とコントローラーを強く握る子供のようだ。

反面、サクラバは冷静だった。

苦しそうな顔をしながらも、辺りを見回し、状況把握に努めている。

「よそ見をするな！　こっちを見ろ！」

そこにシラユリの一撃が入り、ファントムが吹き飛ぶ。

「く……っ、本当にあなたは……、どうしようもない人です……！」

サクラバが呻くように言うと、ファントムがエンプティに向かって駆け出す。

激しい格闘戦を続ける中で、シラユリの機体はさらに性能が上昇していく。

代わりに、シラユリの——由美子の——頭の中が白く染まる。

機内の温度は上がり続け、おおよそ人がまともでいられる状況ではない。

身体中の水分は流し尽くし、握る操縦桿が堪らなく熱い。皮膚が焼ける臭いが充満する。

苦しい。ぱくぱくと口を開けながら、必死で息を吸った。

意識が——飛びそう——に、なる。

だけど、もうちょっと。

もうちょっとなんだ。

シラユリは目を見開いて前だけを見つめる。

「もう少し……っ、もう少し……っ、もう、少し……ッ！」

喉の奥から息が漏れる。かひゅ、かひゅ、と間抜けな音が聞こえた。

吸い込む空気さえも熱く、喉が焼けるように痛い。

無意識に、あぁ、あぁ、と呻いた。

あぁ、サクラバに届く……！

どれだけ、どれだけ待ったと思う……？　ねぇ、サクラバ……っ！

「ぐっ……」

エンプティの猛攻に押され、ファントムが後方に跳ぶ。

「逃げるな……ッ！」

もはや声にならない声をシラユリが上げ、エンプティも跳ぶ。

一気に詰め寄って剣を振るうと、サクラバはかろうじて自身の剣で防いだ。

鍔迫り合いが続く。

かちかちかちかち、と鳴る鉄の音が心地よい。一生聞いていたいとさえ思う。

フーッ！　フーッ！　と荒い息を吐きながら、震える声で感情を叩きつけた。

「サクラバ……っ！　今、今、今、あんたを……ッ！」

「…………っ」

——おや。

由美子は気付く。千佳が演技を間違えた。

このシーンはシラユリに圧倒されながらも、キッと睨みつけるサクラバのアップだ。

気丈な声を上げなければならない。

けれど、今の千佳の声には怯えが混じっている。恐怖する演技だ。作画と合っていない。

でもまぁ、別に間違えてもいいのか。

別録りが必要なのは、自分だけだし。

一瞬の間にそう考えたあと、再び演技に集中する。

戦いは続く。

だが結果的に、シラユリはサクラバに敗北する。

リミッターを外して性能を上げても、サクラバはさらに上をいき、最後にはファントムの剣がエンプティを貫いた。

シラユリの身体ごと。

剣は機体とシラユリの身体を貫通し、岩壁に深く突き刺さる。

悲しそうな顔のサクラバが、シラユリを見下ろす。

まるで、シラユリがサクラバの頬に手を当てるように、エンプティの手がファントムの顔に触れた。

「わたしは……、あなたにこっちを、見てほしかった……。ただ、それだけだったのに……」

「シラユリ……」

「やっと……、見てくれた……」

そう囁くと同時に、エンプティの手がファントムの腕を強く掴んだ。

驚きの表情を浮かべるサクラバと、血を吐きながら嬉しそうに呻くシラユリ。

エンプティからアラーム音が響き渡った。

世にも恐ろしく、耳を劈く雄たけびのような音。

「地獄に連れてってあげる……！　いっしょに行きましょう……、これで、これであなたに、ようやく、ようやく、ようやく……っ！」

「！　は、離せ……、離せぇ……ッ！」

必死にエンプティの手から逃れようとするたび、ファントムが動く。

シラユリを貫いた剣もともに揺れ、シラユリはその苦しみに喘ぐ。

想像を絶する痛みに目を剝き、未知の感覚に口を大きく開け、喉を潰したような声が出る。

しかし、その目は濁ることなく、前を見据えていた。

内臓をぐちゃぐちゃにされる感覚を味わいながら。

機内の温度が急上昇して、身体が溶けていく感覚を味わいながら。

喜びの笑みを浮かべた。

視界が赤色に染まる。

エンプティから生まれた炎に焼かれながら、シラユリはこの世での最後の声を吐き出した。

「あぁ……、あぁ……、あぁぁぁ――――ッ！」

壮絶な断末魔の叫びとともに、エンプティが自爆する。
凄まじい爆発が洞窟を満たし、一瞬ですべてを崩壊させた。
……………。
……………。
……あれ。
台本を見る。次のセリフは、エマの「サクラバ……？　サクラバ！」だ。
しかし、ブース内は沈黙している。
あぁそうか、と指示を思い出す。
今ので由美子──シラユリのセリフは終わりだ。
ほかの人は既に収録を終えているのだから、これ以上続ける必要がない。
それにしては、調整室から何も指示がなかった。
不思議に思って横を見ると、千佳と大野がおかしな表情をしていた。
千佳はモニターに釘付けになり、唇を強く噛んでいる。
まるで親の仇を見るかのように、憎々しげに睨みつけていた。
ちっ、と舌打ちまで聞こえる。
大野は腰に手を当てて、力なく頭を垂れていた。
頬をひくつかせ、眉をぎゅっとひそめて目を瞑っている。

ああもう、と呟き、マネをしたわけではないだろうが、彼女も舌打ちをひとつ。

……なんだ、この変な空気は。

「えっと……？」

おそるおそる調整室を見ると、杉下を含め、こちらを見ていたスタッフがはっとした。

すぐに杉下が指示を出してくる。

「す、すみません。OKです。お疲れ様でした」

「え」

あっさりOKが出て、驚く。

今ので？　もう？　いいの？　大丈夫なの？

由美子が戸惑っていると、後ろから首にそっと何かを当てられた。

驚いて振り向くと、森が由美子の首にハンカチを当てている。

「すごい汗」

「え、あ。うわ、本当だ。なにこれ」

驚きは二重だ。

森がハンカチを渡してくれたこと、その原因が自分の多量の発汗であること。

汗がすごい。息が荒い。マラソンをしたあとのようだ。

それに対し、なぜか森が甲斐甲斐しく汗を拭いてくれる。

不思議な光景に困惑していると、ブースに入ってきた杉下と大野がぼそぼそと話すのが聞こえた。

「……杉下さん、今の。あたしらの声も録音してあんの？」

「あぁ……、そうだね。一応、全部のマイクをオンにしてあったけど」

「あの夕暮の怯えた声、いいの？　監督、あれを使いたくて作画の方を直したいって言い出さない？　大丈夫？」

「もう遅いんだ……。さっき、電話しながら出て行ったから……」

「あらまぁ……。まぁでも、あの人ならそうだよなー……」

それに気を取られていると、森が手にハンカチを握らせてきた。

「これあげる」

「わ。あ、ちょ、ちょっと、森さん？」

由美子の返事を待たず、森は「お疲れ様でした」と挨拶をして出て行こうとする。

呼び止めようと手を伸ばしたが、先に大野が由美子の肩を叩いた。

なぜか彼女は、苦々しい表情を浮かべている。

「……歌種って、何年目の何歳だっけ」

「へ？　三年目の十七歳です、けど」

訊かれたままに答えると、大野の表情がさらに歪む。

頭を振ってヤケクソのような声を上げた。

「あーあ！　だーから、若い奴ってやなんだよ！　すぐに化けるから！　やってらんないっつーの！　お疲れ様でした！」

喚いてから挨拶を吐き捨て、さっさとブースから出て行ってしまう。

「森！　飲み行こう！　今日はもう飲む！　浴びるほど飲む！」

「まだ昼間。仕事あるでしょう」

「あぁそうだった……、ならメシ行こう。次の収録いっしょだろ。夜予定ある？」

「ないけど」

「じゃー、メシ食って収録して、そっから酒飲む！　おーけー？」

「はいはい」

「ったく。あたしらが若い頃はよー、もうちょっとさぁ……」

そんな会話が遠くに消えていく。

あのふたり、ご飯行ったり飲みに行ったりするんだ……。えー……、いいなぁ。

ぼうっとふたりを見ていたせいで、杉下から「歌種さん」と声を掛けられたときは身体が跳ねた。

慌てて振り返ると、彼は柔和な笑みを浮かべている。

「歌種さん。お疲れ様でした。よく、ここまで……。あなたをシラユリ役に選んでよかったと、心から思いましたよ」

「あ、ありがとうございます……？」

そう答えるものの、実感がまるでない。

褒められた……、よね？　裏はない、よね……？

さらさらと流れる周りの状況に、ひとりだけついていけない。

あれよあれよと話が進み、気付けば千佳と廊下を歩いていた。

前をずんずん歩く千佳の背中に、言葉を投げかける。

「ねー、あれでよかったのかな。あんなに早く終わってさぁ。あたし、今日はかなり覚悟して来たんだけど……、まだ昼前だしさ」

「…………」

「大丈夫かなぁ。あたし、ちゃんとできてた？　自分の演技を意識する余裕なくてさ。あんたから見てどうだったの。ねぇ、渡辺」

「…………」

「ねぇ。なんで無視すんの。お姉ちゃーん。……もしかして、そんなにダメだった？　怒ってる？　ねぇ、渡辺――」

「出たわ！　あなたのそういうところ、本当に嫌い！」

千佳がイライラしながら床を踏みしめ、明らかに怒った顔で振り返る。

元々悪い目つきをさらに悪くさせ、憎しみのこもった声で続けた。

「音響監督がOK出したんだから、それでいいでしょう！　これ以上、この話は知らない。わたしに聞かないで」

ちっ、と舌打ちをしてから、大股で歩いていく。

「なんだよ……」

様子のおかしい千佳に、ため息を吐く。

昨日まであんなに親身になってくれたのに。なんで急に。

やっぱり、あいつのことはわからない。

心の中で愚痴をこぼしていると、再び千佳が振り返った。

さっきまでの感情的な声と違い、静かな声で言う。

「佐藤。あなた、ファントムは最終回まで観なさい」

「は？　言われなくてもそうするつもりだけど」

「ファントムは2クール。最終回までに、絶対にあなたの演技を超えてみせるから」

それだけ！　と叫ぶと、千佳はさっさと歩き出してしまった。

少しの間、ぽかんとしてしまう。

しかし、すぐにはっとすると、慌ててその背中を追いかけた。

このときの由美子は与り知らぬことだが。

この日収録された回が放送されたあと。

「シラユリの演技、めちゃくちゃすごかった」と話題になるのだが、それはまだ先の話――。

NOW ON AIR!! 第46回

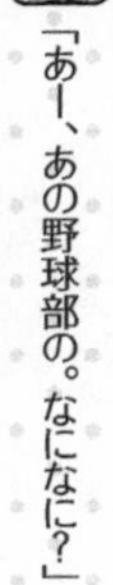

「ラジオネーム、〝外角高め〟さん。あぁこの前、初メールくれた人ね」

「あー、あの野球部の。なになに？」

「『先日は悩みを聞いてもらい、ありがとうございました。おふたりの話を聞いて、とても勇気をもらえました。あれからチームメイトにも相談して、気持ちも楽になりました。そして先週、練習試合があり、そこで何とか活躍することができました！』」

「おー、よかったじゃん！　おめでとう！　あたしは何もしてないけどさ、素直に嬉しい」

「これはいいご報告ね。『本当にありがとうございました。あのとき、歌種さんは難しい現場にいると言っていましたが、歌種さんも頑張ってください！』、とのことです」

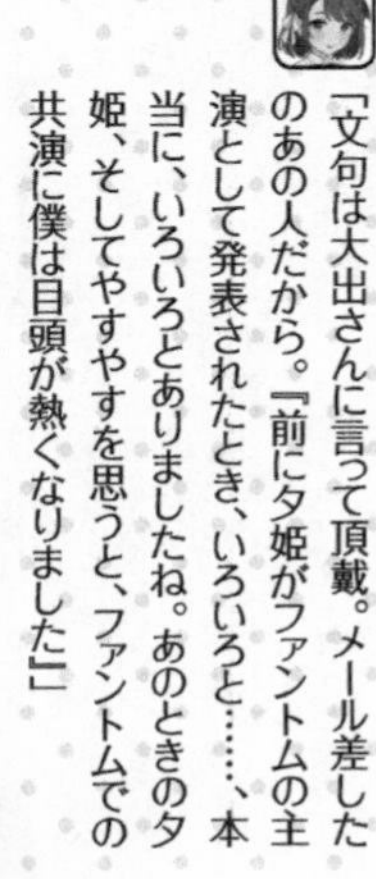

「ありがとありがと。えー、そうね。あたしも、上手くいったかな？　あんまり実感ないんだけどさ、周りの人はそう言ってくれて。たぶん、もう大丈夫。心配しないで。ありがとね」

「はい。続いて、こんなメールも届いてます。ラジオネーム、〝おしるこはおかず〟さん。『やすやす！　幻影機兵ファントムに出演するそうですね！』」

「ちょっと。難しい現場、ってぼかしたあたしの配慮返して。流れでモロバレでしょうが」

「文句は大出さんに言って頂戴。メール差したのあの人だから。『前に夕姫がファントムの主演として発表されたとき、いろいろと……、本当に、いろいろとありましたね。あのときの夕姫、そしてやすやすを思うと、ファントムでの共演に僕は目頭が熱くなりました』」

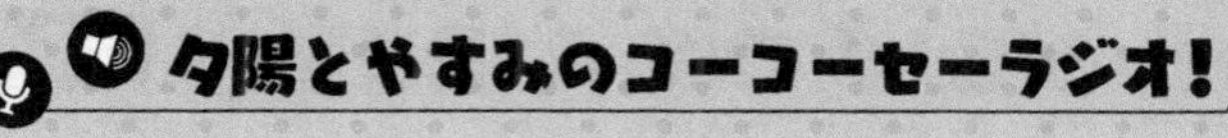

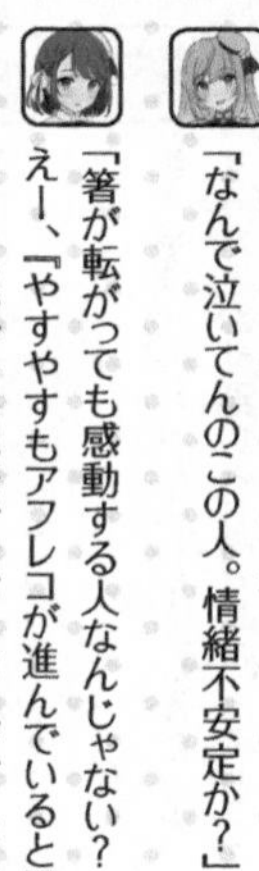

「なんで泣いてんのこの人。情緒不安定か？」

「箸が転がっても感動する人なんじゃない？　えー、『やすやすもアフレコが進んでいると聞きました。ぜひ、現場でのおふたりがどんな感じだったのか、教えてください！』。……はぁ。そんなこと言われても、って感じね」

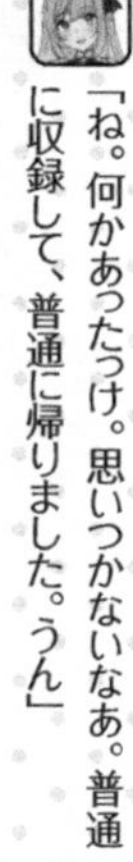

「ね。何かあったっけ。思いつかないなぁ。普通に収録して、普通に帰りました。うん」

「そうね。特筆することは、特になかったと思うわ。ええ。うん」

「あ。でも、ユウがパパとお話しするためにスタジオに残ってるのは見た」

「ちょっと。ちょっと！　出たわ。あなたのそういうところ、本当に嫌い。なんで言うの？　その話する必要あった？　今のは悪意あるわ、本当に！」

「前にファザコン気味って言ってたの、あれマジなんだなーって実感したわ」

「違うから！　そういうのじゃないから！　あ、あのときは仕事で……、え、なんですか？」

「ん。まだメールの続きあるって。ほら、さっさと読む」

「うるさいわね、偉そうに……。『追伸　クリスマスイブの写真も見ました。ラジオでおふたりの話を聞いてると、本当に仲が悪いんじゃ？と思うこともあります。でも、ちゃんと仲がよさそうで嬉しかったです』。……何を言ってるの、この人」

「まさしく今、否定されたと思うけど。聞いたとおりですよ。仲良くないですからね」

Next Page!

NOW ON AIR!! 第46回

「むしろ悪いですからね。仕事だから付き合ってるだけ」

「……ん。この人みたいに、心配するリスナーもいるんだって。で、新しい企画があるそうです。ですが、これはあのふたりにお任せしまーす。あたしらはやってらんないので。じゃ」

「ユウちゃん！」

「やっちゃんの！」

「『コーコーセーラジオ！』」

「おはようございます～。ユウちゃんですよ～」

「おはようございます！　やっちゃんです！　ねぇねぇ、ユウちゃん！　早速なんだけど、やすみたちが仲悪いんじゃないか、ってリスナーさんが心配してるんだって！」

「え～？　そんなことないよねぇ。わたしたち、すっごく仲良しさんですよ～」

「うんうん、そうだよね！　だから、リスナーさんを安心させるために、こんな企画が用意されました！　その名もズバリ！　『イチャイチャ大作戦！』」

「ふたりでイチャイチャして、仲の良さをアピールしていきましょう～、という企画です。今回は、お互いの好きなところを交互に言い合う！　だ、そうです～」

「えー、大丈夫？　やすみたち、無限に言えちゃうよ～？　終わんないよ～？　……。え、これマジで言うやつ？　ないんだけど」

「……素に戻らない。わたしだってないわよ。……お、おほん！　それじゃあ、

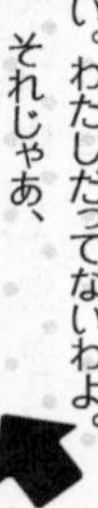

スタート！　あ、わたしからみたいです～。そうだな～、『頑張り屋さん！　いつも多方面に努力してる！』」

「やーん、ありがと！　えー、じゃあやすみね！　んっと、『歌がとっても上手！　歌声の透明感がすごくて、ほんっとーに綺麗！』」

「そ、そんなことないよぉ。ありがとぉ～。次、『家庭的なところが素敵！　料理もおいしい！　絶対良いお嫁さんになる！』」

「えへへ、そうかなぁ。『お仕事へのストイックさ！　尊敬するし、格好いい！』」

「『みんなから好かれる人徳！　だれでもやっちゃんのこと好きになっちゃう！』」

「『シンプルに美少女！』」

「『演技が心に響く！』」

「『演技の幅広さ！　しかも、どれも奥深い！』」

「『お胸の形が綺麗で、羨ましいくらいおっきい！』」

「『いざというとき、本当に頼りになる！』……、え、もういいですか？　はいはーい。やー、ユウちゃん。いろいろ言ってくれてありがと！　ていうか、いつもありがとう！」

「ううん。やっちゃんこそ～。本当にいつもありがと～」

「ううん、ユウちゃんこそありがと！」

「やっちゃん！」

「ユウちゃん！」

「『終わります♡』」

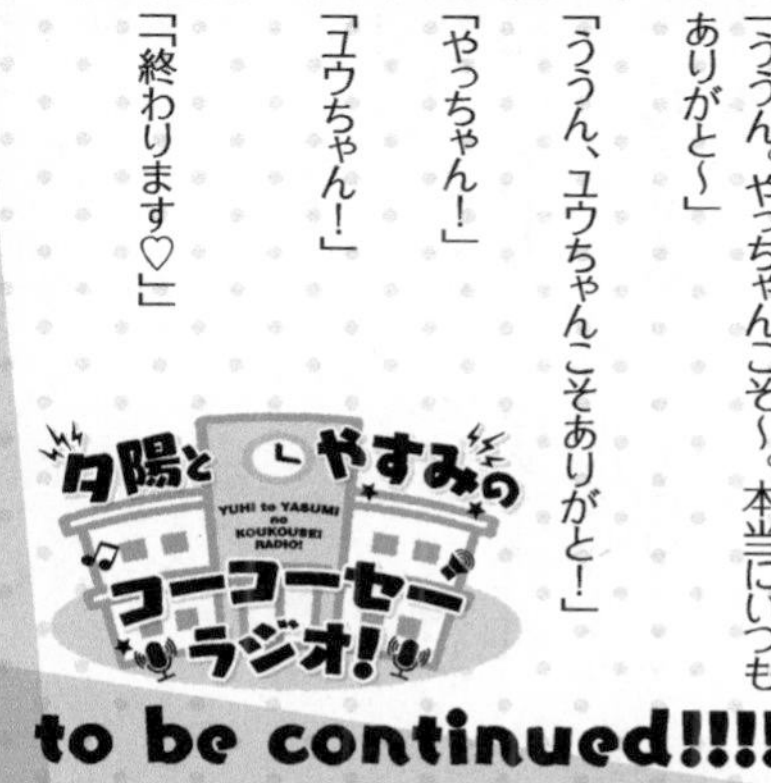

夕陽とやすみのコーコーセーラジオ！
YUHI to YASUMI no KOUKOUSEI RADIO!
to be continued!!!!

あとがき

皆さま、お久しぶりです。二月公です。

この作品を書いてからというもの、『こんな幸運、自分にあっていいのだろうか……？』と思う体験を数多くさせてもらっているのですが、先日も非常にありがたいお話がありました。

『伊福部崇のラジオのラジオ』『ちなみにラジオ』にそれぞれゲストとして呼んで頂きました。

わたしは小説を書かせてもらってはいますが、基本的には声優ラジオが好きなだけのオタクなので、「そんなことあります……？」ってめっちゃビビりました。

いや、そりゃ「もし自分がラジオに出演したら」って妄想くらいはしますけど、それって「もし自分が異能力に目覚めたら」とあんまり変わらないですからね。意識的に。

古い友人に「今度ラジオに出ることになった」って言ったら、「どういうこと？？？」って言われました。わたしも逆の立場なら言うと思います。

何せ、伊福部崇さんは仲間内で知らない人はいませんし、構成作家をされている番組にわたしはメール送ってましたから。

橋本ちなみさんも、まさしくこの時期に観ていたアニメにご出演されていて、「え、あのキャラの中の人!?　さっき声聴いたばかりですけど!?」って仰天しきりでした。

貴重なお話が聴けて大変嬉しかったです。関係者の皆様、本当にありがとうございました！

実際にラジオに出演させて頂いて、それはもうとても勉強になりました。

普段ラジオで聴いているトークがどれだけすごいのか、身を以て理解しました。

改めて、パーソナリティの方々を尊敬いたします。

それともうひとつ！

二巻が発売されたとき、なんと以前タイアップして頂いた『Pyxis の夜空の下 de Meeting』さんの番組内で二巻、そして新カバー一巻のことを紹介してくださったんですよ！

物凄く嬉しかったです。本当にありがとうございました。

普通にリスナーとして楽しく聴いているので、紹介して頂いたときは本当にびっくりしました。いつも観てる番組に、急に自分の著作出てくるって凄いドッキリです。嬉しかったです！


本当にわたしは恵まれているな〜、と日々実感しております。

今回もとっても可愛く、綺麗なイラストを描いてくださったさばみぞれさん。

いつもありがとうございます！

表紙のめくる、本当最高です。ポーズと構図とあの表情！　素晴らしかったです！

そして、この作品に関わってくださった方々、読んでくださった皆さま、いつも本当にありがとうございます！　次回も、ぜひぜひよろしくお願いいたします！

●二月 公著作リスト

「声優ラジオのウラオモテ ＃01 夕陽とやすみは隠しきれない？」（電撃文庫）
「声優ラジオのウラオモテ ＃02 夕陽とやすみは諦めきれない？」（同）
「声優ラジオのウラオモテ ＃03 夕陽とやすみは突き抜けたい？」（同）

本書に対するご意見、ご感想をお寄せください。

ファンレターあて先
〒102-8177　東京都千代田区富士見2-13-3
電撃文庫編集部
「二月　公先生」係
「さばみぞれ先生」係

読者アンケートにご協力ください!!

アンケートにご回答いただいた方の中から毎月抽選で10名様に「図書カードネットギフト1000円分」をプレゼント!!

二次元コードまたはURLよりアクセスし、
本書専用のパスワードを入力してご回答ください。

https://kdq.jp/dbn/　パスワード　iamdf

- ●当選者の発表は賞品の発送をもって代えさせていただきます。
- ●アンケートプレゼントにご応募いただける期間は、対象商品の初版発行日より12ヶ月間です。
- ●アンケートプレゼントは、都合により予告なく中止または内容が変更されることがあります。
- ●サイトにアクセスする際や、登録・メール送信時にかかる通信費はお客様のご負担になります。
- ●一部対応していない機種があります。
- ●中学生以下の方は、保護者の方の了承を得てから回答してください。

本書は書き下ろしです。

この物語はフィクションです。実在の人物・団体等とは一切関係ありません。

電撃文庫

声優ラジオのウラオモテ

#03 夕陽とやすみは突き抜けたい？

二月 公

2020年11月10日 初版発行
2024年３月15日 ４版発行

発行者 山下直久
発行 株式会社KADOKAWA
〒102-8177 東京都千代田区富士見2-13-3
0570-002-301（ナビダイヤル）
装丁者 荻窪裕司（META＋MANIERA）
印刷 株式会社KADOKAWA
製本 株式会社KADOKAWA

※本書の無断複製（コピー、スキャン、デジタル化等）並びに無断複製物の譲渡および配信は、著作権法上での例外を除き禁じられています。また、本書を代行業者等の第三者に依頼して複製する行為は、たとえ個人や家庭内での利用であっても一切認められておりません。

●お問い合わせ
https://www.kadokawa.co.jp/（「お問い合わせ」へお進みください）
※内容によっては、お答えできない場合があります。
※サポートは日本国内のみとさせていただきます。
※Japanese text only

※定価はカバーに表示してあります。

©Kou Nigatsu 2020

ISBN978-4-04-913491-9 C0193 Printed in Japan

電撃文庫 https://dengekibunko.jp/

電撃文庫創刊に際して

文庫は、我が国にとどまらず、世界の書籍の流れのなかで〝小さな巨人〟としての地位を築いてきた。古今東西の名著を、廉価で手に入りやすい形で提供してきたからこそ、人は文庫を自分の師として、また青春の想い出として、語りついできたのである。

その源を、文化的にはドイツのレクラム文庫に求めるにせよ、規模の上でイギリスのペンギンブックスに求めるにせよ、いま文庫は知識人の層の多様化に従って、ますますその意義を大きくしていると言ってよい。

文庫出版の意味するものは、激動の現代のみならず将来にわたって、大きくなることはあっても、小さくなることはないだろう。

「電撃文庫」は、そのように多様化した対象に応え、歴史に耐えうる作品を収録するのはもちろん、新しい世紀を迎えるにあたって、既成の枠をこえる新鮮で強烈なアイ・オープナーたりたい。

その特異さ故に、この存在は、かつて文庫がはじめて出版世界に登場したときと、同じ戸惑いを読書人に与えるかもしれない。

しかし、〈Changing Times,Changing Publishing〉時代は変わって、出版も変わる。時を重ねるなかで、精神の糧として、心の一隅を占めるものとして、次なる文化の担い手の若者たちに確かな評価を得られると信じて、ここに「電撃文庫」を出版する。

1993年6月10日
角川歴彦

現役声優だからこそ描ける
リアルな声優業界ラブコメが爆誕！
渋すぎる声と強面のせいで周囲から避けられている俺が、声優デビューすることに。しかも主役で、ヒロイン役は人気高校生声優の橋本ゆすら。高嶺の花の彼女とともに、波瀾万丈で夢のような声優人生が始まった――！
女子高生声優
橋本ゆすらの攻略法
JOSHIKOUSEI-SEIYUU
HASHIMOTO YUSURA no KOURYAKU-HOU
浅月そら SORA ASATSUKI
[イラスト] サコ

電撃文庫

──まるで、世界が
終わりたがってるみたい。

お願いは絶対

電撃文庫

『三角の距離は限りないゼロ』

岬鷺宮が描く、「セカイ系」恋物語

「わたしのお願いは、絶対なの」
どんな「お願い」でも
叶えられる葉群日和。
始まるはずじゃなかった
彼女との恋は、俺の人生を、世界すべてを、
決定的に変えていく——
終われないセカイの、
もしかして、最後の恋物語。

発売中!

岬　鷺宮　イラスト／堀泉インコ

日和ちゃんの

ねえ、もっかい寝よ？

Ne, mokkai neyo?

田中環状線 Kanjosen Tanaka

Illust けんたうろす Kentauloss

疎遠な幼なじみ二人が
放課後添い寝する。
その距離感がじれったくて、
でも尊い……!!

クラスでは疎遠な幼なじみ。でも実は、二人は放課後添い寝する関係だった。学校で、互いの部屋で。成長した姿に戸惑いつつも二人だけの「添い寝ルール」を作って……素直になれない幼なじみたちの添い寝ラブコメ！

電撃文庫